TAKE
SHOBO

国外追放された悪役令嬢ですが、最推しだった隣国の（ぶっこわれモブ）王太子に溺愛執着されてます!!

ととりとわ

Illustration
緒花

contents

イラスト／緒花

国外追放された悪役令嬢ですが、

第一章　計画通り国外追放になりましたわ！

馬車の窓から見えるこの空の色を、生涯忘れることはないだろう。

十七年のあいだ住み慣れた侯爵家を離れ、向かうは隣国アウデラードにある母方の親類の家。

港町に着いたら船に乗って海を渡り、さらに馬車で一週間の長旅となる。

ヴァイオラは窓に手をつき、見納めとなる故郷の景色を目に焼き付けた。

「ねえ、サリダ。今日は最高の日だわ。身体の調子もいいし、ドレスはお気に入り。髪もあなたが上手にまとめてくれたもの」

「それはようございました」

「見て！　立派なガチョウだわ。王室に献上してもいい大きさよ。……サリダ？」

心ここにあらず、といった具合に反対側の窓の外を眺めるサリダを見た。

十歳年上のふくよかな侍女は、泣きはらして真っ赤になった目をハンカチで拭っている。

ヴァイオラは彼女の手を握った。

「あなたには感謝してもしきれないわ。でも、無理していたというのならすぐに――」

「いいえ。引き返すつもりなんてこれっぽっちもありません。でも、立派なお屋敷がもう見えなくなりましたわ。お嬢様は国を追われた身だというのに、どうしてそんなに意気揚々としていられるのです？」

ふふ、とヴァイオラは唇を横に広げた。

「だって、あなたがいるじゃない。もちろんお給金は弾むわ。追放された身とはいえ、今までと同じ生活ができるくらいにはお金があるもの」

濡れて真っ赤になったサリダの顔が一気に綻ぶ。

「もちろん私は一生ついていくつもりですわ。ただ、ヴァイオラ様に無実の罪を着せられたままなのが悔しいのです。旦那様のお力があればどうにかなったかもしれませんし……」

「相手が王家では仕方ないわ。周りの人たちも黙ってないでしょうし。それに私はむしろ自由な暮らしをとても楽しみにしてるのよ？　新しい国に新しい街、住まいも使用人もみんな知らない人なの。あなたを除いてね」

にっこりと笑みを浮かべてみせると、サリダは納得したように頷いた。

「わかりましたわ。では、ヴァイオラ様がご結婚なさっても、どこへ行かれようとも見捨てないでくださいね。この際ですから、アウデラードでひと花咲かせてやりましょう」

「その意気よ、サリダ」

ヴァイオラは豪華な巻き髪を揺らして笑い、シートに背中を預けた。

大切に育ててくれた両親と離れ、住み慣れた故郷をあとにするのは誰だって辛い。

しかし、ヴァイオラはこの国にいてはいけない人間なのだ。


侯爵令嬢ヴァイオラ・ラスキュイーズは、ほんの少し前まで王立魔法学園高等部の二回生だった。

容姿端麗にして頭脳明晰、歌も楽器もダンスも右に並ぶ者はおらず、魔力もずば抜けて高い。中位魔法までであれば無詠唱で行使できる者など、学園が創設されて以来のことだった。名のある裕福な家庭で蝶よ花よと育てられ、礼儀作法も品位も万全。

王太子との結婚が決まったのは当然のことだと囁かれていた。

その輝かしい人生が音を立てて崩れたのは、収穫祭に合わせて開催された音楽祭の夜――

『ヴァイオラ、君との婚約を破棄させてほしい』

青い顔をした王太子リカルドに別室で告げられた時、ヴァイオラは自分が神にでもなったような高揚を覚えた。

もうひと月近くも前の話だ。それなのに、青ざめた彼の表情も、室内を照らすろうそくの揺らめきさえも鮮明に覚えている。

リカルドのセリフは、かつて何度も耳にしたのと一言一句同じだった。王太子ながら丁重すぎる言い方も、小さく眉を震わせているのも同じ。

（ついに、ついにこの時が来たんだわ……！）

ヴァイオラは勝手に緩みそうになる頬(ほお)を必死に戒めた。並の令嬢であれば泣き叫んで昏倒(こんとう)でもするところだ。せめて泣きまねくらいはしなければ、とレースのグローブをはめた両手で顔を覆い、にやりとする。

『リカルド様……わたくしに至らぬ点でもあったのでしょうか……』

ショックを受けたかのように声を震わせつつ、指のあいだから彼の様子を窺(うかが)う。

厳しい表情のリカルドが述べることには、何者かによる密告があったのだという。

彼の口からは、王太子との婚約を取りつけるため、父親の立場を利用して成績を金で買ったというくだらないものから、魔法により政権の転覆をもくろむ者に加担したという笑えないものまで、ありとあらゆる卑劣な行為があげられた。

高潔な貴族令嬢たるもの、後ろ指を指されるようなことは誓ってしていない。しかし、無実の罪を着せられるのも予定通りだった。

『私には前世の記憶があるらしい』

そのことに気づいたのは、流行病(はやりやまい)によって死の淵(ふち)から生還した七歳の時だった。

かつてヴァイオラは、こことはまったく違う世界で暮らす女性だった。

日本の広告業界で蟻(あり)のように働き、深夜にも及ぶ残業で疲弊する日々。

彼氏を作ることも、友達と遊ぶこともできず、ひとり暮らしのアパートへは、まさに寝に帰るだけの生活だった。三十路を迎えた、いわゆる社畜喪女だ。

そんな荒んだ毎日のなかで唯一の癒しは、乙女ゲーム『花誇る乙女たちよ』——通称『はなおと』をプレイすることだった。

『はなおと』は剣と魔法のファンタジー世界を舞台に、プレイヤーは没落した伯爵令嬢マリエルとして、複数の攻略対象から誰かと結ばれるのを目的としたゲームである。

マリエルは王立魔法学園の二回生で十七歳。

生前羽振りがよかった父親が死去した途端にあちらこちらから借用書が持ち寄られ、あっという間に貧乏令嬢になってしまった。

かつての栄華が忘れられない母親と、同じ学園の初等部に通う妹、屋敷の使用人のため、魔法省の職員になることを目指して、マリエルは勉強に励む。

その彼女が、学園で開催される舞踏会の日にゲストで来ていた王太子リカルドと恋に落ちて……というのが王道のルートだ。

登場人物が魅力的なのはもちろんのこと、魔法学園を舞台にしていることもあって、謎解きや戦闘が本格的なのも気に入っていた。

本棚は薄い本で溢れかえり、必死に働いた給料は右から左へと推しの祭壇につぎ込まれた。

しかし、その楽しみをある日突然奪われた。

広告業界はとにかく残業が多く、仕事の持ち帰りも多かった。それに加えて夜な夜なゲームをしていては、睡眠時間が極端に削られるのは当たり前。

その不摂生がたたったのか、急病によりあっけなく人生の幕を閉じたのだ。

そこからどうやって今の自分に転生したのかわからない。

けれど、流行病に勝利したあの日、転生前の記憶だけでなく、自分が『はなおと』の世界の住人であることにも気づけたのはラッキーだった。

自分を取り巻く周りの人たちはそのまま『はなおと』の登場人物と同じだった。

宮廷貴族が泣いてひれ伏すほどの富と権力を手にした父と、美しく優しい母。献身的な使用人たち。

そして、ひとり娘の自分はというと――

悪役令嬢のヴァイオラだったのだ。

（私が侯爵令嬢ヴァイオラ……？　なんて素敵なの⁉）

当時七歳だったヴァイオラは、バラ色のふっくらした頬を両手で包み目を輝かせた。

ゲーム内でのヴァイオラはプライドが高く、気品に溢れたまっすぐな性格をしていた。

美しいはちみつ色の巻き髪に、やや吊り上がった大きな目とエメラルドグリーンの瞳。

女性にしては高めのスラリとした背丈に、メリハリのあるスタイル。

余りある財力と並外れた魔力を持ち、何人たりとも逆らうことを許さない……

そんな華麗なる彼女の生きざまは、極力目立たぬよう地味に生きてきた自分にとって、憧れの対象だったのだ。

それからのヴァイオラは、悪役令嬢としての責務を果たすため、何事にも一生懸命に取り組んできた。すべてにおいて完璧な貴族令嬢に育ったのはその成果だ。

ゲームを壊さない程度に、ヒロインだったマリエルとも仲良くしていた。

マリエルと王太子リカルドがいい雰囲気になっているのはもちろん知っていたし、不器用すぎるふたりを近づけようと魔法で暗躍したこともある。

だから、国を出る時にも『リカルド殿下と幸せになってね』と手紙を残してきた。

そんなヴァイオラがリカルドとの婚約を取りつけたのは、ゲームの世界観を守りたい一心からだった。それほどまでに『はなおと』を愛していたのだ。

快適とは言えない長旅を終え、親類の家がある王都に到着したのは一か月後のことだった。

すっかり秋も深まり、少し肌寒いくらいの風が吹いている。

「やっと着いたわね。身体のあちこちが痛くなったわ」

顔をしかめるサリダに笑いかけ、ヴァイオラは御者の手を借りてステップを降りた。

目の前に噴水広場のある通りは清潔で道幅が広い。

通りの両側にはしゃれた看板を掲げた商店が軒を連ねているが、それぞれに工夫を凝らしたショーウィンドウも洗練されていて、ポンポルトと比べるとずいぶん進歩的に見える。

アウデラードは国土にしてポンポルトの三十倍はあろうかという大国で、豊かな資源と軍事力で栄えた国だ。小国ポンポルトとは比べ物にならない立派な城下町があるのも頷ける。

「すごいわ。噂（うわさ）に聞いていたよりずっと大きな街ね。それに人がたくさんいるわ」

感心して遠くに目を向けると、通りのはるか先に巨大な城のようなものが見えた。

雪を被ったような白亜の建物の両サイドには、窓のある大きな塔がついている。この美しい城には見覚えがあった。

（あれがアウデラード王宮……!?）

アウデラード王宮といえば、ヴァイオラが生前祭壇まで作っていた『はなおと』の最推（さいお）し、ダンテがいる城ではないか。バルコニーに立つ彼が、色気のある冷たい目で人々を睥睨（へいげい）する姿が目に浮かぶ。

ダンテ・オルクス・メリディオンは、ここアウデラードの王太子である。

艶のある銀色の髪に、氷河の色をした力強い怜悧（れいり）な眼差（まなざ）し。凛々（りり）しい表情に時折見せる人間らしい部分がなんとも魅力的なキャラクターで、ポンポルトの王太子リカルドの無二の親友としてゲームにもよく登場した。

……ただし、モブキャラとして。

公式設定によると、ダンテはかつて神と戦った獅子（しし）の血を引く子孫であるとされている。

顔よし、スタイルよし、声よし、スペックよしの優良キャラなのに、攻略対象ではないのがなんと歯痒かったことか。コアなファンのあいだでは『ぶっ壊れモブ』として人気で、彼をヒーローにした二次創作がたくさん作られていた。

(推しと同じ空気を吸っている……? 夢じゃないの?)

「ああ、胸が苦しい……」

「ヴァイオラ様? どこかでひと休みします?」

サリダが心配そうに覗き込んできた。

「も、もちろん大丈夫よ。そろそろ行きましょうか」

ヴァイオラは先頭に立って路地へ向かって歩き出した。

メモを片手にたどり着いたのは、街外れにある古い四階建ての家だった。長屋づくりで同じようなドアがいくつも並んでいる。薄汚れた灰色の外壁にはひび割れが目立ち、二階の途中まで蔦がわさわさと覆っていた。

ノックをするとすぐにドアが開き、人の好さそうな顎髭を蓄えた男性が顔を見せた。

「はじめまして。ルトルド侯爵家から参りました、娘のヴァイオラと申します」

「おお、君がヴァイオラか。待っていたよ。さ、疲れているだろうから早くお入りなさい」

セルドン伯爵は自ら客間のテーブルに案内し、年老いたメイドに茶の用意を言いつけた。

伯爵は母方の遠い親戚で、会うのはこれが初めてだった。繊維工場の経営が思わしくなく裕福とはいえないらしいが、勤勉で正直な信頼のおける人だという。

母も普段のやりとりはほとんどないと言っていたが、それにもかかわらず快く受け入れてくれたのだ。感謝せねばなるまい。

伯爵は妻と末子の娘を紹介した。娘のアリーチェはヴァイオラと同い年だが、ずいぶんあどけなく人馴(な)れしていない様子だ。極端に色白で、腰まである見事な髪はヴァイオラと同じハニーブロンドで美しい。

「初めまして。ヴァイオラよ」

「よ、よろしくお願いします」

アリーチェは後ろに脚を引いた途端よろけて父に支えられた。薄化粧をした彼女の頬は真っ赤だ。

「ごめんなさい。恥ずかしいわ」

「気にしないで。私にもよくあることだもの」

完璧な淑女であるヴァイオラがよろけることなど、もちろんない。ぱっと見、彼女はヴァイオラと似たような背格好だが、随分と痩せている。

ヴァイオラには四階の日当たりのいい部屋が宛(あて)がわれた。広くはないけれど、ベッドは古くても清潔だしクローゼットもある。これでじゅうぶんだ。

翌日の午後、ヴァイオラは自室のバルコニーで読書をしていた。

バルコニーからは小さな裏庭が見下ろせたが、庭のバラは枯れ、下草は伸びてあまり手入れされていない様子だ。庭師を頼む余裕もないのだろうか。

(昨日のうちにお母様から託された金貨の袋を渡したけど、それで足りるかしら?)

自宅には手入れの行き届いた美しい庭園や噴水があり、舞踏室や劇場もあった。当然人が大勢泊れるほどの客室や寝室があったし、使用人は常時二〇〇人はいた。ルトルド侯爵家は国で一、二を争う財力をもつ家だったのだ。

サリダの手当てはもちろん自分で支払うとして、それでもふたりで厄介になるのだから、と家が一軒買えるほどの額は渡した。

その金をどう使おうが一向にかまわないが、できればだいぶ着古しているアリーチェのドレスを新調してあげてほしい。

(伯爵家の窮状は思ったよりひどいのかもしれないわね……)

部屋を出て階段を下りたところで、アリーチェに行きあった。

「ちょうどよかったわ。今あなたの部屋に行こうと思ってたのよ。お茶でもどうかと思って」

「ええと……構いません。椅子をもうひとつ持ってくるわ」

部屋に通されたヴァイオラは、アリーチェがいないあいだに室内を見回した。

彼女の部屋はヴァイオラのよりも狭く、形がやや変則的で日当たりもよくない。

調度品はどれも年季が入っており、カーテンは暗いグリーン。暖炉も目の前のテーブルも椅子も、年頃の娘の部屋にあるものとは思えないくらいに古くて地味だった。

アリーチェが汗を拭いながら椅子を運んできた。

「お待たせしました。あまりお客さんが来ることがないので、納戸にしまわれていて時間がかかってしまったわ」

「メイドに頼まなかったの？」

「ええ。うちにはメイドがひとりしかいないから」

「サリダに言ってもいいのよ？」

アリーチェが額に張り付いた前髪をかき分けながら首を横に振る。

「そんなわけにはいかないわ。サリダはあなたの侍女だもの。それに、自分でやれることはできるだけ自分でやらないと」

「それが伯爵の教えなの？」

「そうじゃないけど……」

アリーチェはそう言ったきり黙ってしまった。

一般に貴族の娘は、他人に命じて何かをしてもらうよう躾（しつ）けられているものだ。恐らく彼女なりに家の窮状を知っていて我慢しているのだろう。優しい娘だ。

ヴァイオラはテーブルに置かれたアリーチェの手を握った。

「私に何か手伝えることがあればいいのだけれど」

　彼女は驚いたように息を吸ったが、すぐに首を横に振った。

「どの家にもそれぞれ事情があるのは仕方がないもの。ほかの家庭を羨んだことはないし、家族のことも大好きよ。ただ、時々自分がほかの人間だったらいいのにと思うことはあるわ」

「話して」

　アリーチェの手を握った手に力を籠めると、彼女はひと呼吸おいてから口を開いた。

「明日の催しのことで、このひと月ずっと悩んでるの。私なんか地味だし、新しいドレスも持ってないし、王宮で行われる舞踏会に行ってもいいものかって」

「舞踏会に招かれてるのね⁉　素敵じゃない！」

　零れんばかりに目を見開いたヴァイオラに、彼女は力ない笑みを向けた。

「あなたが羨ましいわ。いつでも自信に満ち溢れていて光り輝いているもの」

「あなただって素敵よ。明日はおしゃれして行くべきだわ。ドレスは私のを着ていけばいいし、お化粧だってしてあげる」

　アリーチェがぶるりと肩を震わせた。

「あ、あんまり目立つのは困るわ。私、歌やダンスを披露することになってるのよ。同年代の女性たちが一緒とはいえ、友達もいないのに怖いわ。……ああ、今から緊張してどうにかなりそう」

両手で胸を押さえる彼女が、ヴァイオラはかわいそうになった。

まるで前世の自分を見ているみたいだ。決して目立たぬよう、人に嫌われないよう、周囲に溶け込むことを第一に生きる地味な女。代わって舞踏会に出てあげられたらどんなにいいか。

ヴァイオラは彼女の着古した紺色のドレスの腕にそっと触れた。

「明日は私が勇気の出るお化粧をしてあげるわ。だから気を楽にもって」

「ありがとう……あなたがうちに来てくれてよかったわ。いい友達になれそう」

依然としてこわばった笑みではあったが、ヴァイオラは少しホッとした。

母から聞いていた通り、伯爵家の人はやはり皆人が好いようだ。自分の家が困っているのに遠い親戚の娘を受け入れるなんて、なかなかできることではないだろう。

自室に戻っても、ヴァイオラは何か彼らの力になれることはないかと考えていた。

こんなに人柄のいい人たちにただ厄介になっているのは心苦しいものだ。金はいくらでもあるが、あまり渡すのは彼らのプライドを傷つけてしまうだろうか。

（私が貴族の子女の家庭教師をやって、いくばくかの賃金を稼いでも構わないのだけれど。でも、それを受け取ってもらえるかどうか）

悩んだ挙句、ひとまずは様子を見ることにした。取り急ぎ重要なのは明日の舞踏会だ。

アリーチェが自信をもって人前に出られるよう、気持ちまで明るくなる化粧をしてあげたい。ヘアスタイルも、サリダの手にかかればきっと完璧に仕上げてくれるはず。

翌朝、食堂のドアを開けると、サリダがせわしなく動いていた。

「おはよう、サリダ。アリーチェはもう起きてきた？」

実家の半分の広さもない食堂をきょろきょろと見回す。足早に近づいてきたサリダが浮かない顔で頭を下げた。

「おはようございます、ヴァイオラ様。それが……こちらのお嬢様はどうも具合が悪いみたいで」

「え？　昨日は元気そうだったわよ」

「奥様のおっしゃることには、持病のようなものだと」

「持病？　そう……ちょっと彼女に会ってくるわ」

ヴァイオラはドレスの両脇を摘まむと、小走りで二階へ向かった。

アリーチェは年頃の娘にしてはやや線が細い感じがするものの、持病があるようには見えなかった。

（それとも、住み慣れた家に突然私がやってきたから疲れてしまったのかしら？）

アリーチェの部屋をノックしたところ、ドアを開けたのは夫人だった。

「おはようございます。アリーチェの具合が悪いと聞きましたが」

部屋から出てきた夫人は、神妙な面持ちで後ろ手にドアを閉めた。

「ええ。頭が痛いのと熱があるみたい。出かける予定がある時はよくこうなるの」

夫人と一緒に食堂へ下りると、セルドン伯爵が頭を抱えていた。彼は立ち上がり、ヴァイオラに目配せして夫人に近づいた。

「どうだった？」

「ダメね。額に触れたら火傷しそうだったわ。それと頭痛。いつものやつよ」

「アリーチェには持病があるんですか？」

そう尋ねるヴァイオラを、ふたりの暗い目が同時に捉える。

「病気というわけではないんだが、緊張がピークに達するとたびたび熱を出すんだよ。子供の頃からよくあることでね」

セルドン伯爵が夫人と目配せをする。

昨日話した時、彼女はだいぶ緊張しているようだったが、まさか熱を出すとは思わなかった。きっと繊細なのだろう。

「では、今夜の舞踏会は欠席されるんですか？」

「どうしたものかと考えているところだよ」

「夜までに落ち着くのでしょうか」

腕組みをして黙り込む伯爵の腕を夫人が掴んだ。

「あなた、残念だけど今回は諦めましょう。今までだって、一度こういう熱を出すと三日は続いたじゃありませんか」

「それはそうなんだが……うーん……困ったな」

伯爵は苦い顔をして顎髭を撫でた。

王宮で行われる盛大な舞踏会は、名だたる貴族が集まる千載一遇のチャンスだ。

伯爵としても、なんとか娘を売り込もうと必死にアピールをするつもりだったに違いない。

そのチャンスを棒に振らなければならないなんて。

その時、ヴァイオラの頭にふと妙案が浮かんだ。

(そうだわ。私が代わりに舞踏会に行くというのはどうかしら)

ヴァイオラの背丈は彼女と同じくらいだし、歳も一緒だ。顔立ちはまったく違うけれど、『友達がいない』と言っていたくらいだから、あまり顔を知られていない可能性がある。

「おじ様。アリーチェには顔見知りの貴族がいるのですか?」

「いや。娘はこの通り引っ込み思案で、年頃の娘がいると言うとびっくりされるくらいなんだ。本当は演奏会やパーティーに連れ回したいところだが、本人があの調子でね」

夫人があきらめ顔でため息を吐く。

「やっと社交の場に娘を連れていけると期待していただけに、残念でたまらないわ。そろそろ狩猟シーズンが始まるから、これを逃したら来年になってしまうもの」

「本当にお困りのようですね」

「もちろんだよ。誰かに娘のふりをして代わりに行ってもらいたいくらいだ」

力なくかぶりを振る伯爵の声は、絶望を表したようだ。

「では、その役目わたくしが仰せつかりますわ」

「なんだって⁉」

弾かれたようにこちらを見る伯爵夫妻を安心させようと、ヴァイオラはとびきりの笑みで応えた。

「今からアリーチェが披露するはずだった歌とダンスを覚えます。舞踏会ではあくまでもセルドン伯爵家のアリーチェで通しますわ」

「あの歌とダンスを半日で覚えるなんてムリだわ。私も娘時代に同じことをしたけれど、とても難しいのよ？」

夫人は否定的な渋面を作ったが、ヴァイオラの自信は揺るがない。肩にかかるハニーブロンドの巻き髪を手で払い、不敵な笑みを浮かべた。

「できるかできないかではありませんわ。やると決めたら、とにかく諦めずにやるのみです。それでできなかったことなどこれまでに一度だってありませんもの。歌の楽譜はありますか？」

ヴァイオラを乗せた馬車が王宮に到着したのは、舞踏会が始まる直前のことだった。

ところが、伯爵夫妻はすぐに友人とのおしゃべりに夢中になり、会場に入ってすぐにはぐれてしまったから困ったものだ。

とはいえ、壁の花になるつもりはない。今日はとびきり豪華な、胸元の開いたピンク色のドレスを着てきたのだ。アリーチェのために素敵な男性をゲットする気満々である。

パンチを片手に暇を持て余していると、進行役の男性が若い女性たちを集め出した。

「お嬢さん方、そろそろ踊りと歌を披露する時間ですよ。さあ、こちらへ」

広間の隅に集められた娘たちは身長やドレスの色によって並べられた。背が高いヴァイオラは後列だ。

「緊張するわ」

隣の女性が耳打ちしてきて、ヴァイオラは余裕の笑みを向けた。

「楽しくやりましょう」

「そうね。お父様に叱られない程度に頑張るわ」

進行役が一段高くなった演台に上がると、それまで流れていた優雅な曲がぴたりと止んだ。

「紳士、淑女の皆様！　お待ちかねの着飾ったお嬢様方によるダンスと歌の時間ですよ！　広間の前方をご覧ください」

進行役の掛け声とともに、色とりどりのドレスとコートの波が、さあっと引く。

トランペットの音が高らかに鳴り響いた。それを合図に、花飾りのついた薄絹を手にした娘たちが広間中央に進み、横二列に並ぶ。

これは若い女性のみずみずしい初恋を表したアウデラードの伝統的な踊りで、手にした花飾りは花嫁のベールを意味している。デビュタントでよく踊られるらしい。

数十名の演奏家たちによる華やかな曲の調べが始まった。

ヴァイオラは長い手足を生かして、伸びやかに、繊細に、かつほかの令嬢たちとの調和を乱さぬよう気を使いつつ、華麗に舞った。

足元が見えないぶん、腕の振りや指先の動きが何より大切だ。くるりと回れば、長い薄絹がまるで蝶(ちょう)でも舞うように翻る。

観客からはため息が洩(も)れた。

口元には常に笑みを湛(たた)え、特別身なりのいい客には男女構わず視線を送る。そして目が合えば、ニコッと笑ってアピールするのだ。

曲が後半に差し掛かる頃には、大半の観客の目はヴァイオラを捉えていた。

（うまくいってるわ。みんな見てるもの）

精一杯アリーチェを演じると約束したものの、名前を売り込まなければ意味がない。やりすぎない程度に目立ち、『あれはどこの娘か』と噂の的になるくらいはしたいところだ。

令嬢たちによるダンスは好評のうちに終わり、続けて歌の披露へと移った。

『乙女の目覚め』はやはり恋する乙女の歌である。

初めての恋に戸惑う乙女が、恥じらいや切なさ、羨望や嫉妬に悩みつつ相手を強く慕い、やがて深い愛を知る様子が一曲の中に込められている。

『うすべにいろの花の香
ただよう窓辺
胸に思うは
いつか見たあなたの姿……』

うっとりするようなハープの調べに続き歌に入ると、聴衆の目はいっせいにヴァイオラに惹きつけられた。

計画していた通り、声量は抑え気味に、アリーチェの性格を加味して控えめの女性になったつもりで歌う。

前世の記憶があるぶん、恋する乙女の気持ちはほかの令嬢よりも知っているだろう。喪女だったとはいえ、さすがに三十路まで生きれば好きな人のひとりやふたりはいた。

ヴァイオラは情感をたっぷり込めて、澄んだ声で恋のときめきややるせなさを可憐に歌い上げる。

聴衆のなかには、目元をハンカチで拭う女性が何人も現れた。貴族に生まれれば、許されない恋を諦めた人もたくさんいるだろう。

異変に気がついたのは、一番のサビが終盤にかかった時だった。

客を見回すふりをして視線を動かしたところ、一緒に歌っていた令嬢がひとり、またひとりと歌うのを辞めていく。

それまで横二列に並んでいた令嬢たちは広間の端に寄り、聴衆に溶け込んでヴァイオラの歌に聞き入っている。まるでリサイタルだ。間奏ののち、二番を歌い始めたのはヴァイオラひとりだった。

（困ったわね。そこまで目立つつもりじゃなかったのに。……まあいいわ。せっかくだからアリーチェの名前をとことん売り込んでやりましょう。出る杭上等！　悪役令嬢たるもの、引き受けた仕事は完璧にこなさなくちゃね）

恋する乙女の思いの丈をぶつけるがごとく、ヴァイオラはクライマックスまで全力で駆け抜けた。

胸が激しく上下して、うっすらと汗までかいている。たったひとりの声で広間全体に響かせるには、腹の底から声を出さなければならなかったのだ。

ハープが最後の一音を奏でた直後、観客から轟音のような拍手が鳴り響いた。

（完璧だわ……！）

ヴァイオラはカーテンコールに呼ばれたオペラ歌手よろしく、方々の観客に向かって何度もお辞儀をした。独唱になってしまったのは予想外だったけれど、これでアリーチェの名前はアウデラードじゅうの貴族に知れ渡るはず。

ヴァイオラの合図で、客に溶け込んでいた令嬢たちも広間中央にぞろぞろと戻ってきてお辞儀をした。

歌が終わって移動を始めた人波に押されるようにして、広間の隅にあるテーブルへ向かう。

すると、目の前にスッとグラスが差し出された。当たり前だが、見たこともない男性だ。

「よろしかったらこちらをどうぞ」

「あら……ありがとうございます」

グラスを受け取って周りを見れば、パンチのグラスを手にした若い男性に囲まれている。

「このあと一曲踊っていただけませんか」

「その次はぜひ私で」

「では、私がその次で」

代わるがわるダンスを申し込む男たち向かって、ヴァイオラはにっこりとほほ笑んだ。

「では順番に……」

その時、周囲からあがったざわめきとともに、滝が割れるようにして男たちが左右に分かれた。

中央にできた花道を通って、仮面をつけた男性がゆっくりと近づいてくる。

明らかに周りの男たちよりも頭ひとつ抜けている男性の姿に、ヴァイオラの目は一瞬にして惹きつけられた。

筋肉質で厚みのある身体つきに見事な黒髪。

目元は宝石が散りばめられた仮面で覆われているものの、形のいい唇と顎の形だけで、彼がすこぶる美丈夫であることがわかる。きめ細やかな色白の肌も、育ちの良さを表しているようだ。

彼が着ている光沢のある黒色の上着には、金銀の糸で贅沢な刺繍が施されていた。

銀色のクラヴァットを留めているダイヤモンドはヴァイオラの握りこぶしみたいな大きさだし、ポケットから下がっている懐中時計の鎖にもダイヤモンドが光り輝いている。

屈強そうな身なりのいい従僕を何人も引き連れているところを見ても、相当裕福な家柄なのだろう。

しかし、彼がヴァイオラや周囲の人の目を惹きつけている理由は、体格や服装だけのせいではなさそうだ。

オーラ、というのだろうか。その男性からは身体全体が光り輝いているような、特別な理屈もなく人を惹きつけるカリスマ性みたいなものが溢れている。

ヴァイオラの目の前で立ち止まった男性は、片手を胸に当て優雅に一礼した。

「先ほどの歌もダンスもとても見事でした。一曲お相手願えますか？」

きらきらしたダイヤモンドみたいな瞳で見つめられ、一瞬にして虜になった。

「ええ……喜んで」

がる。
差し出された手袋をはめた手にヴァイオラが手をのせると、周囲の男たちから落胆の声があ

彼らもそれなりの身なりをしているが、目の前にいるこの美丈夫ほどではない。ポンポルトにいた時も、こうして仮面をつけて舞踏会に現れるのは相当な身分の人だけだった。

手を引かれて広間の中央に進み、さっそくステップを踏む。

曲はワルツだ。バイオリンの優雅な音色に合わせて華麗にターンを決めれば、人垣からため息が聞こえる。

ヴァイオラたちの周りには自然と広い空間ができた。

ふたりの身なりが周りと比べて明らかに質がいいというだけでなく、男が発する威厳や独特のオーラに気圧（けお）されているのだろう。

仮面の男との息はぴったりだった。見上げるほどの背丈にはうっとりするし、広い肩幅と長い腕は包まれているような安心感がある。おまけにリードがうまい。ヴァイオラもダンスには自信があったが、彼もかなりの腕前だ。

背中に回された手に幾分力が込められた。

「君の名前は？」

「アリーチェです。セルドン伯爵家のアリーチェですわ」

「アリーチェ。素敵な名だ」

仮面の中の瞳がまっすぐにこちらを捉えて、ヴァイオラの胸はどきりと鳴った。

彼の瞳は氷みたいに透き通ったアイスグレーの色をしている。色白の肌にアイスグレーの瞳だなんて、おとぎ話に出てくる王子みたいではないか。

ターンする際に離れた男の手が、戻ってきた時には先ほどよりも深くヴァイオラの腰を抱いた。

男の手はこれまでに出会ったどの男性のよりも大きく、熱い。彼が触れている部分がびりびりと痺（しび）れているように感じる。

「あなたのことはなんとお呼びすれば？」

「好きに呼んで構わない」

「それじゃあ……ノアールはいかが？」

「『黒（ノアール）』か。いいね」

口元に魅力的な笑みが浮かび、ヴァイオラの目はノアールに釘付（くぎづ）けになった。

一瞬、彼の笑顔を独り占めしたいという欲求が頭をもたげる。しかし、もし彼がヴァイオラのことを気に入ったとしても、彼の伴侶になるのはアリーチェなのだ。

「これほど上手に踊る女性は初めてだ」

「ありがとうございます。お世辞でも嬉（うれ）しいですわ」

ノアールの口元に笑みが零れて、またどきっとした。

「お世辞は言わない主義だよ。君ほどの女性がこの国にいれば知っていて当然なのに、不思議なことがあるものだな」

「あまり外出しないものですから」

「それはもったいない。……いや、ラッキーだったと言うべきかもしれないな」

彼の声は低いのにどこか甘く、目の前で囁かれるとぞくりと腰が震える気がした。姿だけでなく声までも素敵だなんて……

（でも、この声どこかで聞いたことがある気がするのよね。どうしてかしら……？）

無言のまま彼を見つめていたことに気づき、ヴァイオラは急いで視線を外した。

ノアールの手の中で、ヴァイオラは蝶のように軽やかに舞い、くるくるとよく回った。

彼はリードがうまい。視線もよく絡む。ふたりだけのうっとりする時間はまたたく間に終わりを告げ、周りの男女が離れ始める。

ノアールの手がヴァイオラの腰から離れた。

（ああ、行ってしまう）

たった数分踊っただけなのに、指先が離れる時には胸がスッと冷えるように感じた。ノアールは最初と同じく数多（あまた）の取り巻きを引き連れて人ごみに消えていく。

その後は彼より前にダンスの相手を申し出ていた男性数名と踊ったが、つい比べてしまい、全員道端に転がる石ころに見えた。

休憩時間に入り、ヴァイオラはダンスの相手を務めた人の中で一番身なりのいい男性とパンチが置かれたテーブルに向かった。ちらりと会場を見回してみるが、ノアールはどこにもいない。

マテオと名乗った男性と乾杯してグラスをあおる。出ずっぱりのヴァイオラは喉が渇いていたため、一杯目を一気に流し込んだ。

「セルドン伯爵はお元気だろうか。私の父と懇意にされていて、よくおしゃべりしに来られていましたよ」

「まあ、そうなんですね。父は元気にしております。今日も一緒に来たのに玄関を潜る頃にはもう姿が見えなくなっていましてよ」

「話好きな伯爵らしい。相手は私の父かもしれませんね」

マテオはにこやかに言い、かぎ状に尖った鼻に皺を寄せて笑った。

彼は伯爵家の長男で、王宮からそれほど遠くないところに広大な土地と広い屋敷があるのだそうだ。いくつか経営している会社はどれも順調だと話した。

彼も悪くはないのだが、ノアールと踊ったあとではくすんで見えてしまう。

マテオと話しながら、ヴァイオラは勧められるままに次々とパンチのグラスを空けた。

気持ちがよくなってきたところで、彼の手が背中に触れる。

「あなたとはもっとゆっくりと話がしたい。部屋を押さえてありますので行きましょう」

ヴァイオラはちらりと広間を振り返ったが、依然としてセルドン伯爵夫妻の姿は見えない。

「ええ……構いませんわ」

普段のヴァイオラなら熟考するところだが、なぜかすぐに返事をしてしまった。少し頭がくらくらするのは酔っているのだろうか。

マテオに連れられて廊下に出る頃にはだいぶ酔いが回っていた。おかしい。パンチのアルコールはそれほど強そうには思えなかったし、酒に弱いほうではないのに。

肩と腰を支えられて、おぼつかない足取りで歩く。身体が燃えるように熱かった。心臓が壊れそうなほどせわしく鼓動を刻み、身体の奥がムズムズする。

広間から離れるに従い、廊下がどんどん暗くなってきた。すれ違う使用人もまばらになると、さすがに不安になってくる。

（このまま部屋に連れていかれたら助けを呼べないわ。ええと、この人どんな顔だったかしら……？）

ヴァイオラは顔を上げてマテオを見た。

ふーふーと鼻息荒く歩く彼の顔は汗ばんでいて、特徴的な鉤鼻（かぎばな）が広がっている。よく見れば瞼（まぶた）はひと重（え）で重たげだし、頬にはあばたが散らばっていて――

ヴァイオラはぴたりと足を止めた。

「わたくしやっぱり戻りますわ」

「どうして？　部屋はすぐそこですよ」

ぐい、と強く腕を引かれて足を踏ん張る。

「いいえ、今夜のところは帰ります。両親も捜しているでしょうし」

「そのことなら心配いらないよ。君に声をかける前にセルドン伯爵に言っておいたから」

ヴァイオラは眉をひそめた。

「それで、父はなんと？」

「娘をよろしく頼むと言われたよ。噂では金に困っているそうじゃないか。なんなら既成事実を作ってもかまわないそうだ」

（は？）

カチンときたヴァイオラは、彼の手を振りほどこうと思い切り引っ張った。しかし、マテオも負けじと近くのドアに引きずり込もうとする。

「やめてください！　——誰か！」

ドアの枠に取りついて叫んだヴァイオラの腰が、痛いほど引っ張られた。

「静かにしてくれないか。君も乗り気だったくせに今さら卑怯だぞ！」

「ちょっ、本当に……！」

必死の攻防が続いたが、やはり男性の力には敵わない。ドアの隙間に引き込まれそうになった時、誰かが走ってくる音が背中に響いた。

「何をしてるんだ！」

「ひゃ……ああ、あなたは……」

声の主を見たマテオが急に手を放したため、反動で後ろに倒れそうになった。しかし、すんでのところで助けた男性に抱き留められる。

マテオは「ひぃ――っ」とおかしな声を上げつつ、転びそうになりながら一目散に逃げていった。

「まったく……つまらない男だ。大丈夫か？」

「え、ええ」

ホッとしたのと目が回るのとで、ヴァイオラは身体を支えている男にもたれかかった。礼を言いたいのに、呼吸が苦しくてなかなか声が出せない。これはいったいなんなのだろうか。

「具合が悪そうだな。少し休むかい？」

優しく問いかける声に顔を上げたヴァイオラは、鋭く息をのんだ。

金銀の刺繍が施された黒い上着に、銀色のクラヴァットを留める巨大なダイヤモンド。宝石が散りばめられた仮面の奥には、透き通るアイスグレーの瞳が輝いている。

ヴァイオラの窮地を救った白馬の王子は、後ろ髪引かれながら別れたノアールではないか。

「あ、あなたは……」

震え声で尋ねると、ノアールが怜悧な美しい顔で頷く。

「君をずっと探していたんだ。そうしたら、あの男にかどわかされそうになる君を見つけた」

「ありがとうございます。お陰で……う、……助かりましたわ」

どうにか礼だけは言えたものの、もう自力では立っていられそうにない。すると、逞しい腕にひょいと抱き上げられた。

「とりあえずこの部屋でいいだろう。従僕に水を持ってこさせる」

ノアールに抱かれて部屋に入ったヴァイオラは、優しく天蓋ベッドの中に下ろされた。暗い室内には明かりがなく、窓から差し込む月明かりだけが室内を青く照らしている。

しばらくしてノアールが水の入ったグラスを運んできた。身体を起こされて飲み干すが、焼石のように火照った身体を冷やすには足りない。

額に当てられたノアールの手を、氷のように冷たく感じる。

「うん……熱はないみたいだな。さっきの男と何かのんだのか？」

「パンチを数杯だけ」

「君は酒に弱いの？」

首を横に振ると、ノアールの喉仏が上下した。

「では、何か薬を盛られたのかもしれないな」

「薬を……!? んんっ！」

突如として襲われた脚のあいだの疼きに、ヴァイオラはびくりとした。胸の頂がじんじんと痺れ、まだ誰も受け入れたことのない下腹部が激しくわななく。そこがやけどでもしたみたいに、腫れて熱をもっているみたいだ。

「あ、あ……ノアール、様……身体が……熱い」

はあはあと喘ぎつつ、ヴァイオラは彼の上着にすがった。

転生してからこっち、貴族の令嬢らしく本当に慎ましく生きてきた。しかし、前世では三十年も生きていたのだから、自分を慰めた時の感覚くらい知っている。これは紛れもなく性欲だ。

（どうしよう。私、エッチしたくなっちゃってる……⁉）

「医者を呼んでこよう」

「待って！」

ヴァイオラはベッドから下りようとする彼の腕にすがった。

「それには……及びませんわ」

仮面の奥の彼の目が見開かれる。

「私にできることがあるだろうか」

「あ、あの……ドレスを緩めるのを手伝っていただけませんか?」

吐息まじりに口にしたところ、ノアールの喉からごくりと音がした。ちらりと見た彼の視線は、ヴァイオラの胸の谷間に注がれている。

「それは構わないが……逆にいいのだろうか」

「もちろんです。まず背中のホックを外してください」

ヴァイオラは後ろを向き、彼にドレスの脱がし方を教えた。こんな不埒なことをしていいはずがないのはわかっているが、身体が熱くて息苦しくてどうしようもないのだ。

ノアールは背中に並んだホックを根気よく外し、コルセットを締め上げる紐を解いた。それでだいぶ楽になったが、身体の芯の疼きは取れない。

「アリーチェ……私は……いや……ダメだ」

着ているものが一枚一枚剥がされるに従い、ノアールの息が荒くなっていく。時々ため息をついたり、かぶりを振ったり。見えない何かと闘っているようにも見える。

それから幾重にも重ねたアンダースカートが取り外され、ストッキング留めのリボンがするりと解かれ……

シュミーズ一枚になる頃には、彼の額には汗が浮かんでいた。裸同然になったヴァイオラを見下ろす顔は上気し、落ち着きない素振りを見せている。

「ここは暑いな」

（ええっ!?）

ノアールが仮面を外した顔を見て、ヴァイオラは思わず声をあげそうになった。月明かりに浮かぶノアールの横顔は、かつての最推しダンテにそっくりだ。まっすぐに伸びた形のいい眉といい、氷のごとく冷たく輝く美しい双眸といい。違うのは髪の色だけではないか。

（もしかして彼に近い親族なのかもしれないわ）

ヴァイオラはうっとりとノアールを見つめた。

かつて夢にまで見た隣国の城で、夢のような舞踏会のあとで、推しそっくりな人に抱かれる……なんて素晴らしい経験だろう。どうにもならない火照りを鎮める相手がこの人ならば申し分ない。

「アリーチェ」

ノアールが、ヴァイオラの顎を掴んで覗き込んでくる。美しい顔がどんどん近づいてきて、唇に羽根が触れるような感触が舞い降りた。

「ん……」

柔らかくすべすべしたノアールの唇が、ヴァイオラの唇の上を優しく滑った。そっと唇を食んでは離れ、舌先でヴァイオラの唇をゆるりとなぞって、また唇を食む。

優しい口づけが繰り返されるうちにすっかり夢見心地になった。

彼は巧みだ。自分とそう歳も変わらなそうなのに、焦ることなく、欲望に任せて乱暴に奪うでもなく、気遣うようなキスを続ける。

歯列を割って忍び込んできた舌が、生き物みたいにうごめいて口内をさぐった。

尻込みする舌を執拗に追い、絡め取り、甘く吸い立て、歯の裏側までなぞり……

「ん……ふ、ノアール……様、もっと」

はじめは戸惑っていたヴァイオラも、気づけば彼のうなじに両手を回し、舌を積極的に追い求めていた。キスがこんなに気持ちがいいものだと初めて知った。

「初めて君を見た時からこうしたくて堪らなかったんだ。私は運がいい」

唇を放したノアールが、焦がれた眼差しでヴァイオラを見つめる。

「私も同じ気持ちです。ああ……ノアール様」

もう一度情熱的に唇を貪りあったのち、彼の唇はヴァイオラの顎、喉へと下りていった。首筋、うなじ、鎖骨へと次々にキスが落とされて、そのたびに身体が、びくっ、びくっと揺れる。

口づけは徐々に腹部のほうへと向かっていき、胸の谷間に唇が触れた。

大きな手がシュミーズの上からバストを押し包む。

やわやわと味わうように揉みしだかれたのち、先端が口に含まれた。

「ふぁあああんっ」

薄いシルクシフォンの生地を通して舌のあたたかさを感じた途端、甘い快感が迸った。

おかしな声が出てしまったことに自分で驚き、両手で口を押さえる。

(なんてこと！　私は泣く子も黙る悪役令嬢ヴァイオラなのよ?)

「アリーチェ……なんてかわいらしいんだ。私ももう……我慢ができそうにない」

「ん……！　んむ、ん……！」

ぷくりと尖った薄紅色の頂が、ちゅっ、ちゅっと唇で何度も吸われた。

舌先で乳暈をゆっくりとなぞられたり、舌で押しつぶされたり。

ちょうどいい力加減で繰り返される愛撫が、耐え難いほど気持ちがいい。

「君のここはすごくきれいな色をしているな。ほら、乳首が勃ってるのがわかる？」

「んぁっ！　……あ、ああ……やぁん」

ちろちろと舌先で頂を弾かれて、背中をぞくりとしたものが這った。

もう声を抑えるなんてできなかった。

こんな感覚はもちろんはじめてで、どうしたらいいのかわからないのだ。

勝手に声は出るし、身体があちこち撥ねるしで、恥ずかしくて堪らない。

反対側のバストはごつごつした男性的な手で弄ばれた。手のひらで優しく包まれた乳房は自在に形を変え、先端を指で執拗に弾かれては、触れられてもいない下腹部に甘い疼きを伝える。

「気持ちいい？」

ヴァイオラはこくこくと頷いた。

「でも……恥ずかしいです……ふ、うっ……！」

ノアールがクスッとして、頬に吐息が触れた。

「かわいらしいな。君とこんなふうになれるなんて……夢みたいだ」

彼が上着を床に放り捨てると、服についた宝石ががちゃりと音を立てた。ブーツもブリーチも靴下も脱ぎ捨て、肌が透けるほど薄いモスリン生地のシャツ一枚になる。

ふたたび覆いかぶさってきた彼の、シャツの上からでもわかるほど逞しい身体つきと体温に、ヴァイオラの胸は逸(はや)った。

ノアールはキスでヴァイオラを翻弄しつつ、太腿(ふともも)をそっと撫(な)で回した。その手が臀部(でんぶ)をかすめ、後ろから回された指が脚の付け根に触れる。

「ひゃんっ」

泉のほとりに指が触れた瞬間、ヴァイオラは跳び上がった。

誰にも触れられたことのない場所にノアールの指が触れている。その感触からして、どうやらしっとりと濡れそぼっているよう。

あまりの恥ずかしさと罪悪感に、頬を熱くしてノアールの胸を押した。彼の胸はあたたかく、こんもりと盛り上がっている。

「い、いけませんわ」

「どうして」

「だって、そんなところ」

「頼む。こうしたくて仕方がないんだ。君も同じだと思っていた。違うか?」

「それは――」

あとになって思えば、この時はまだ理性が少しだけ残っていたのだろう。

押したり引いたりのやり取りが少しだけ続いたが、所詮力では敵わない。ものの一分と経たぬうちに、彼がそこに触れることを許してしまった。

ノアールはキスをしながら、シュミーズの裾をまくり上げた。はじめはするすると太腿を撫でていた指が、徐々に際どいところへ向かっていく。

「んっ」

彼の指が薄い下草に触れた時、思わずびくりとしてしまった。

脚はぴたりと閉じている。草の中にじわり入り込んだ指が秘核に触れた瞬間、背中が弓なりに反った。

「はぁんっ……！」

火花が散るような強い快感が身体じゅうを貫いた。長くて武骨な指がぬかるんだ谷間を前後に行き来するたび、えもいわれぬ快感が広がる。

「すごく濡れてる。薬のせいかもしれないけど嬉しいよ」

耳元で囁きながら秘裂を弄られて、そこが痛いほど疼く。

「あ、あ……それ、おかしく、なってしまいます……！」

「おかしくなって構わない。君が乱れるところを私だけに見せてくれ」

「あ……んぅっ、あ……ん」

そんなふうに言われたらこれまで抑えていた欲望が一気に溢れだしそうになる。

った。

舞踏会の喧騒(けんそう)から遠く離れた室内に、くちくちという水音とヴァイオラの喘ぎだけが響き渡った。

ノアールの長い指が潤んだ谷間を優しく撫でる。往復のたびに泉から溢(あふ)れ出る蜜を纏(まと)い、淡いピンク色の花びらの内と外をなぞり、触れるか触れないかといった圧力で花芽を転がす。

花びらがひくひくして、中から止めどなく蜜が溢れてくるのが手に取るようにわかった。恥ずかしい。でもやめてほしくない。この心地よさを毒と言わずしてなんと言うべきか。

「あっ……ふッ……！」

シュミーズがさらにまくり上げられ、バストの頂が舌で弄ばれたらもうダメだった。

瞬間、身体が破裂するかと思うほどの強い快感が湧き起こり、一瞬気が遠くなった。全身から力が抜け、ふわふわと甘い陶酔に包まれる。

達してしまったとすぐにわかったけれど、それを伝えることはできなかった。ふーふーと荒い息をつきながらノアールの腕を掴む。

「ノアール様は……服を着たままなのですか？」

暗闇の中に輝く美しい瞳が、きらりと光った。

「今脱ごうと思ってたところだよ」

ノアールは下履きを脱ぎ捨て、シャツのボタンをすべて外すとこちらを向いた。彼が覆いかぶさってきた時、太腿に硬くてずっしりと重いものが触れ、思わずたじろぐ。

（今のは何？）

身じろぎするふりをして太腿を動かすと、それが男性の持ち物であることがわかった。膝で触れただけでわかるほど大きいそれは、火にくべた石みたいに熱くて、びっくりするほど硬い。

（これが私の中に？　嘘でしょう……⁉）

「どうした？」

「い、いえ。なんだかドキドキしてしまって」

ノアールがクスッと笑ってヴァイオラの手を取った。

「おいで。かわいい人」

優しく抱き寄せられて肌が密着した瞬間ビクッとする。

豆だらけのざらりとした手が腰のくびれを撫で、臀部や太腿を這い回る。それだけで脚のあいだが疼き、秘密の場所がキュンと震えた。身体全体が性感帯になってしまったみたいだ。

一度達しても、身体の内から溢れ出る欲望は収まってはくれなかった。むしろ身体が火照って薬が回ってきたのか、先ほどよりも渇きが強まっている気がする。

持ち上げられた片脚が、ノアールの腰に引っ掛けられた。

ヴァイオラの脚のあいだに身体を滑り込ませた彼が、美しく輝く瞳で至近距離から見つめる。

「こんなにもとろけて……なんてかわいらしいんだ。ほら、この音聞こえる？」

「ひぁっ、ああっ」

蜜口の上を指が滑ると、くちゅくちゅと卑猥極まりない音が響き渡った。それと同時に、そこが強い快感に襲われて勝手に腰が揺れる。

「濡れすぎだよ、アリーチェ。自分から腰を振るなんてよっぽど欲しいんだね」

「やっ、あっ、そんなこと……言わないで……っ」

「興奮するよ……こんなに蜜を零して誘ってくれるなんて」

「あぁっ……！」

泉のほとりをからかっていた指が、つぷりと胎内に侵入してきた。

節くれだった男らしい指が、まだ何も知らないヴァイオラの中を、ゆっくりと優しく、滑らかに、傷つけないよう慎重にうごめく。まるで湖を優雅に泳ぐ魚みたいに。

「あ……はぅん……」

自然と背中が反り、頬の横で黄金に輝く自身の巻き髪が視界に映った。

ノアールの巧みな指遣いによって、ヴァイオラの胎内はどんどん拓かされていく。処女は感じにくいものだと思っていたが、そうとは限らないらしい。

はじめは捉えようのない微かな感覚だったそれが、瞬く間にはっきりした快楽へと変わり、胎内のいたるところに甘い疼きを刻みつける。これも薬のせいなのだろうか。

「ンうっ」

指が一度引き抜かれ、次に戻ってきた時には圧迫感が倍になっていた。ノアールが入ってきたのかと思ったが、彼の身体はヴァイオラの右側にある。

「指を増やしたよ。痛くない？」

「大……丈夫……ひあっ！」

臍の裏側あたりをこすられた時、キュンと強く引き締まった。

「すごく締めつけてくるな……痛いくらいだよ」

ノアールの息が俄然荒くなった。太腿にこすりつけられる昂りの先端から零れた雫が、ヴァイオラの脚のあいだをしとどに濡らす。

次々に迸る喘ぎは、情熱的な口づけによって奪われた。先ほどとは打って変わった獰猛なキスだ。唇を強く押し付け、舌を深くまで突き入れてきて、ヴァイオラの口内を激しく蹂躙する。

彼の指は、さっきヴァイオラが強く反応した箇所を執拗に愛撫した。くるくると円を描くように動かしたり、二本の指をバラバラに動かしたり。

どの動きも気持ちがよくて、猫みたいな喘ぎが絶え間なく零れてしまう。

執拗な口づけから解放された時、ふたりとも喘いでいた。

「もう我慢ができない。君の中に入っていいだろうか」

室内が暗くてよく見えないが、声の感じからして相当切羽詰まっているようだ。

ヴァイオラも同じ気持ちだった。彼の荒々しい息遣いや肉杭の熱に当てられ、すっかり淫らな気持ちを掻き立てられている。

「ええ……お願い」

応じてすぐに、ノアールがヴァイオラの脚を両脇に抱えた。蜜口に宛がわれた滾り切った先端が、ゆっくりと押し入ってくる。

「あっ……あ、ああっ……」

秘所を襲う強い圧迫感に、両手でシーツを握りしめる。

あまりにも大きくて硬いそれが、圧倒的な存在感をもって隘路をかき分けた。当然痛みもあるが、どうにか悲鳴を上げずに耐える。

すべて入ったのか、ノアールの動きがいったん止まった。彼の手はヴァイオラのバストを優しく撫でている。

「痛くない？　動いてもいいだろうか」

「大丈夫……です」

こうしてたびたび確認してくれるのはありがたい。

腰を引いたノアールが、ふたたびゆっくりと胎内に入ってきた。

「あ……っ」

無意識に肩に力が入ってしまうが、思ったほど痛くはない。

彼は優しい動きで押し引きを繰り返した。破れた箇所が痛くないようにとのことなのか、あまりストロークを大きくせず、様子を窺いながら動いてくれる。

「なんてきついんだ……それによく締まる」

ノアールが困ったような笑みを零したため、ヴァイオラの頬に吐息が掛かった。

寄せては返す波のような動きは心地よく、徐々に痛みを快感が凌駕（りょうが）してきた。慣れてしまえばまた薬の効果がやってきて、緩慢ともいえる動きがじれったくなる。

「あんっ、はぁ……ノアール様……そこ、もっと……」

「自分からねだるなんていやらしい子だな……堪らなく興奮するよ」

「ひんっ」

ノアールがヴァイオラの太腿を脇に抱えたため、腰が高く上がりふたりの結びつきがいっそう深くなった。

それと同時に抽送も激しくなり、いてもたってもいられなくなる。

鋼みたいな剛直が蜜洞の入り口から最奥までを一気に貫く。何度も、素早く。胎内のいたるところが強くえぐられて、どこもかしこもひどく感じる。

それでも身体の奥から噴き出す欲望は止まらない。ヴァイオラは彼の動きに合わせて腰を激しく振った。

「あ、んっ、ノアール様……ノアール様……っ」

「様はいらないよ、アリーチェ……もっと声を出して。君は最高だ」

はっ、はっ、と荒い呼吸をしながら、ノアールがヴァイオラの頬を撫でた。そして、鎖骨をくすぐるようになぞり、シュミーズの上から引き出したバストをむんずと掴む。

「ひゃ、あんっ！」

　頂を指で何度も弾かれ、ヴァイオラは仰け反って腰を捩った。彼が律動を続けながら乳首を執拗に弾くため、蜜洞の疼きが止まらなくなったのだ。涙まで滲んでくる。

「今どんな感じがしてる？」

「あ、あ、はんっ！　あぁん……なか、すごく、んっ……！　気持ちいい……！」

「私もだ。君の中は……すごく、うねる……ッ」

　ノアールが苦しそうな声で呻きつつ、ヴァイオラの身体の両脇に手をついて猛々しく腰を振る。

　脚のあいだだけにとどまらず、もはや臀部もシーツまでぐちゃぐちゃだった。ふたりとも汗だくで、体液という体液がもうどちらのものかもわからない。

　バストを執拗に弄られ、胎内を激しく穿たれるうちに快感がどんどん膨れ上がった。あまりの心地よさと互いの熱量に、頭がくらくらする。

「あぁっ、あ……ノアール、私、は、んっ……！」

「一緒に達しようか。私もそう願っていたところだよ」

　こくこくと頷くと、楔が穿たれるスピードがさらに速くなる。

「あ……あ、あ……っ」

　ヴァイオラは震える手でノアールの逞しい腕にすがった。もう何も考えられない。ふたりが結びついた箇所が火を噴きそうに熱い。

　ノアールの身体から落ちた汗がバストを叩いた。ふたりの呼吸が浅く、速くなる。胎内にある肉杭が存在感を増したと思った瞬間、その時は訪れた。

「ンっ、あっ、あ、ああっ！」

「アリーチェ……アリーチェ……ッ」

　一瞬目の前が真っ白になり、全身が歓喜の渦にのみこまれる。激しい律動を繰り返していたノアールの動きがぱたりと止み、胎内で彼が弾けるのがわかった。

「あ……、あ……ん」

　強い絶頂の波が繰り返し押し寄せて、ヴァイオラの身体はびくびくと震えた。やがて柔らかな優しい時間が訪れて、汗だくになった身体に圧し掛かられる。

「ああ……アリーチェ。素晴らしかった」

「ええ、ええ……」

　両手がノアールの大きな手に包まれると、なんともいえない満ち足りた思いが溢れた。

　恋人でもなんでもない相手だ。それなのに、こうしているのが当然というような気さえする。

　しばらくのち、ヴァイオラの上でじっとしていたノアールがゆっくりと動き出した。

「まだ君を味わい足りない」

彼の楔は吐精した後も力を失っておらず、また少しずつ質量を増していく。

いったん楔を引き抜いたノアールが、ヴァイオラの片脚を跨（また）ぎ背後に回った。横向きにされ、片方の脚を持ち上げられて後ろから突かれる。

「あっ……ああんっ」

ノアールが腰を揺らすと、ぐちゅぐちゅと淫らな音が鳴り響いた。よく感じるところをピンポイントで小刻みに攻めてくるのがなんとも心地よく、震えながらシーツを握りしめる。

「アリーチェ……きれいだよ。こんなに美しい人は見たことがない」

甘い囁きとともに肩にキスが落ちた。低くまろやかな声にはいちいち官能を揺さぶられてしまう。

うっとりと目を閉じたヴァイオラは、彼の頭を手で抱えた。

「ノアール……あなたも素敵よ……ああん……とろけ……ちゃいそう」

背中に彼の呻（うめ）き声（ごえ）が響いた。

「なんてかわいらしいんだ。もっと乱れてくれ。一緒に気持ちよくなろう」

「ん、ふっ……！」

パンパンと音が鳴るほど激しく突かれて、支えられたヴァイオラの脚がぶるぶると震えた。

逞しい彼の分身が隘路を駆け抜けるたび快感が募っていく。甘い疼きが止まらない。

「もっとよくしようか」

脚がそっと下ろされて、その直後、ノアールの手が前に回った。

「ああんっ！」

下草の中でうごめく指に敏感な花芽をいたぶられ、ビクン！　と身体が跳ねる。

緩やかな押し引きを続けながら、たっぷりと蜜を纏った指がくるくると秘核を撫でる。持て余すほどの快感に耐え兼ねてノアールの手を掴むが、一向にやめてくれない。

「はぁンっ……あんっ、それダメ……おかしくなっちゃう……！」

はっ、はっと浅い呼吸を切り返しつつ、かぶりを振る。ヴァイオラの頭は押さえつけられ、耳たぶに唇が押し付けられた。彼がかすれ声で囁く。

「おかしくなっても構わないよ」

「あ、あ……っ」

「時間はたっぷりあるんだ」

「やっ、ああっ」

「もっと見せて。君が達するところ」

「ん……っ！」

その瞬間は急に訪れた。ノアールが楔を穿つスピードを上げると同時に指の動きも速めたため、快感が突然膨れ上がったのだ。

蜜洞が煮えたぎったように熱くなり、身体の中から強い官能の波がせり上がった。身を焦がすほどの快楽に目の前に火花が散る。

「あっ、ああっ、ダメっ、ノアール、ノアール……！　ああっ――」

絶頂の瞬間、彼の肉杭をしごくように、指に花芽をこすりつけるように激しく腰を揺らす。

「く……ッ！」

ノアールが呻き声をあげて腰を引き、動きを止めた。それでもヴァイオラは容赦なく剛直にすがり、腰を揺らし続ける。

「アリーチェ……ッ」

「はぁン……あん、あんっ、ノアールぅ……」

家を出る際には完璧に巻いてきた髪が乱れるのも厭わず、ヴァイオラは震えながらシーツに頭をこすりつけた。

この世にこんなにも気持ちがいいことがあるなんて知らなかった。身も心も、頭の中までをもとろかされ、ふわふわと宙を浮いているみたい。

はあはあと荒い息を零して、ノアールがヴァイオラの背中に頭をくっつけた。彼の額は濡れて冷えている。

「ああ……持っていかれるかと思った。君はひどい人だ」

「私が……？　ひゃっ」

後ろからバストを弄ばれて、ヴァイオラはびくりとした。達したばかりのせいでどこもかしこも敏感になっているのだ。

ヴァイオラの豊かな乳房は、ノアールの大きな手の中で激しく揉みしだかれた。指先が先端を捉えた瞬間、とろけきった蜜洞が彼自身をきつく抱きしめる。

「あんっ！　……ん、んふっ」

肉杭で胎内を犯されつつ頂を指で摘まれたら、新たな欲望が身体の奥からにじみ出た。

どこまでも強欲なのは薬のせいなのか、それとも自身がもともと欲深い人間だったのか。

ただひとつ言えるのは、ヴァイオラ自身、彼との情交をまだ続けたいと望んでいるということ。

背中にノアールが圧し掛かり、ヴァイオラは完全にうつ伏せにされた。腰を立たされ四つん這いになり、腰を高く引き上げられる。

シュミーズをめくられた時は咄嗟に手で押さえそうになったが、羞恥心を期待が凌駕した。

彼が何をしようとしているのかもわからないのに、花びらがトクンと震える。

大きな手が、ヒップの丸みに合わせてさわさわと撫で回した。

「きれいな肌だ。君は本当に完璧だよ……どこもかしこも美しい」

「んっ、ふ」

ちゅ、ちゅ、と臀部にキスが落とされて太腿が震える。直後に秘裂をあたたかいものでするりとなぞられ、びくん！　と腰が跳ねた。

「やぁぁあんっ」

無意識に逃げようとする腰を強い力で掴まれる。

あたたかなものが、敏感になった谷間を何度も上下に往復する。それがノアールの舌だとわかった時、獰猛な欲望が膨れ上がった。

「あっ、そ、そんなとこ……！」

彼は泉のほとりを丁寧に舐め、ひくひくと震える花弁を甘く吸い立て、舌先で蜜口をからかう。

焦らすように時々花芽がつつかれるたび、身体が揺れた。

「ダメなのか？　そうじゃないんだろう？」

「あ……あ……」

「こんなにも欲しがってるものな」

「ひぁっ！　ああっ……！」

ちろちろと蜜口を素早くくすぐられて、いてもたってもいられなくなった。

普段のヴァイオラだったら絶対にこんなことは許さなかっただろう。ましてや初体験だ。けれど今は、身体の内から沸き起こる強い欲のせいで冷静な判断ができない。

はっ、はっ、と息も絶え絶えになりながら、堪らず腰をくねらせる。すると、蜜口から指が差し入れられた。

「あ……あっ！　それ、すごいっ……」

背中がぐんと仰け反り、身体を支える腕がぶるぶる震えた。

長い指が蜜洞をかき回し、花芽が優しく吸い立てられる。太腿の震えが止まらない。溢れ出る官能の刺激に堪えるのがやっとで、身体を支えていられなくなった。

ほどなくしてヴァイオラは執拗な攻めに屈した。絶頂を迎えても欲望は止まらず、彼の指や舌を求めて自ら腰を振る。

しかし、無情にも指が引き抜かれた。

「あ……んっ、止めちゃダメ……っ」

「欲張りだな。それならこっちをあげるよ」

「は……ぁッ」

すぐに硬く筋張ったものが胎内に侵入してきて、ヴァイオラの唇からため息が洩れた。

「いやらしい子だ。こんなに濡らして」

「はぁあんっ！」

ずん、と漲（みなぎ）った肉杭が入り口から最奥までを一気に駆け抜け、ヴァイオラはシーツを握りしめた。

濡れた筋肉質な素肌が背中に圧し掛かる。シーツを握るヴァイオラの手をノアールの手が包み、肩口にざらりとした顎が触れた。

「君があんなに誘うから、私も我慢の限界だったんだ。それとも指のほうがよかった？」

吐息まじりの声がすぐそばで響き、ヴァイオラは眉を歪めた。

「いいえ、いいえ……あなたのほうがいいっ……んんっ、ふっ……！」

「素直なところもいい……」

抜き差しされるたびに抉られる胎内が痛いほど疼いていた。達したばかりの蜜洞はさらに狭く、張り詰めた彼自身の膨らみやくびれを敏感に拾う。

「は……あん、あぁっ、ノアール……奥、奥、感じる……っ」

「アリーチェ……もっと言って。気持ちいいって……言ってくれ」

「あんんっ、は……ッ、そこ、そこがいいの……！」

パンパンという軽快な音とともに最奥を何度も穿たれ、意識が朦朧としてきた。

腕の力ではとっくに身体を支えられなくなっていて、ヴァイオラはシーツとノアールのあいだでぺしゃんこになっている。もう自分が何回達したかもわからなくなっていたが、それでもまだ足りない。

「そろそろ……まずい……ッ」

ノアールが呻いて律動のスピードを落としたため、ヴァイオラは焦れて腰を揺らした。

「ダメ……やめないで」

「動くと終わってしまうよ」

「いやぁ……お願い」

「君って子は」

鼻息を荒くしたノアールがヴァイオラの腰を掴んだ。そして勇猛果敢に腰を振り、逞しく張ったものでヴァイオラを激しく穿つ。

「あっ、あっ、んぁっ！　ああっ……！」

ヴァイオラは目を白黒させてシーツを握りしめた。

律動に合わせて揺れるベッドが、ギシギシと音を立てる。乱れた巻き髪もバストも何もかもが揺れ、心臓が壊れそうに拍動する。

「んうっ、ひっ、あ、あんっ――」

目の前がチカチカしてヴァイオラはまた絶頂を迎えた。

いよいよ意識が途切れがちになり、声まで嗄れてくる。にもかかわらず、ノアールがシーツと下腹部のあいだに手をねじ込んできたため、くしゃくしゃになったシーツを掻きむしった。

「ああ……！　はんっ、それ、ダメぇ……っ！」

胎内を矢継ぎ早に穿たれつつ花芽を弄られたら、呼吸がまともにできなくなった。頭がくらくらする。手足がしびれて身体に力が入らない。

「アリーチェ……アリーチェ……ッ」

ノアールが背中に突っ伏しているせいで、吐息とも呻きとも取れない声が背中に直接響いた。

彼の呼吸はまるで全力疾走でもしているみたいに荒々しい。

「一緒にいくよ……いい？」

もう口を利くことができずに、ヴァイオラはこくこくと頷いた。

ノアールは片手で身体を支え、もう片方の手で秘核をいたぶり、滾った剛直で胎内を蹂躙した。

「はッ、ああっ……んぁあっ……！」

身体の奥深い場所から溢れだす獰猛な快感に耐え兼ね、ヴァイオラの喉から鋭い喘ぎが迸る。

絶頂の光がすぐそこに見える。楔が胎内を穿つたびに光は強くなり、やがて何もかもをのみ込んでいく。

「ああ、アリーチェ……！」

蜜洞を満たすものが一瞬大きく膨らみ、ふたり同時に絶頂を迎えられたのがわかった。

薄れゆく意識のなか、ヴァイオラが耳にしたのは「すまなかった」と囁くノアールの言葉だった。

第二章　推しは推すもの。恋などしてはいけませんわ。

　ふと目を覚ましたヴァイオラは、見慣れない光景にがばりと飛び起きた。

　いつもと違う天蓋のカーテン、乱れたベッド、そして、ほとんど裸に等しい身体に掛けられた、男性物の黒色の上着。

　肌から滑り落ちた上着を拾い、豪華な刺繍で縫い取られたダイヤモンドを指でなぞった。

（これはノアールの上着だわ。夢じゃなかったのね）

　抱きしめた上着に残る彼の匂いを、胸いっぱいに吸い込んだ。途端に脚のあいだが疼き、よみがえった情熱的な記憶にひとり身体を熱くする。

　天蓋のカーテンの隙間から洩れる薄明りに、夜が明けたことを知る。あれからすっかり眠り込んでしまったようだ。

　巨人が着る服みたいなノアールの上着を羽織り、ベッドから下りてドレスを探す。

（大変なことをしでかしてしまったわ）

　薬の効果が消えた今、ひどい困惑と先行きの不安に襲われている。しかし、不思議と後悔はない。生まれてこの方、何もかも完璧にこなしてきた自分が後先考えずに行動したのは初めてだったため、戸惑っているだけだ。

彼の本名は聞いていないけれど、ダンテの親戚に間違いないだろう。態度はとても優しく、声は低くて甘かった。

（正直、素敵だったわね……）

めくるめく官能の世界を思い出しながら室内をうろつく。

処女でなくなってしまった以上、どうにかしてノアールとの結婚を取りつけなければならない。もちろん、アリーチェのために。

（純潔を失ったのがアリーチェでなくて本当によかったわ）

考えなくちゃならないことは山ほどあるが、ひとまず服を着なければ。

ドアから手を出して呼び鈴を鳴らすと、すぐに城のメイドがやってきた。

髪を梳いてきれいにまとめてもらったのちドレスを着る。シュミーズについた血を見ても、メイドは何も言わなかった。

すっかり身支度を調えたヴァイオラはドアを開けた。

伯爵夫妻は帰ってしまっただろうから、城の馬車を出してもらうしかない。預かった遠い親戚の娘がいきなり朝帰りとは、夫妻も呆れているだろう。

……と、廊下に出た瞬間何かにぶつかり短い悲鳴を上げた。

「失礼。セルドン伯爵家のアリーチェ様ですね？」

「え……？」

頭上から男性の声が降ってきて、ぱっと見上げる。

目の前にはひょろりと背の高い、眼鏡を掛けた黒髪の男性が立っていた。一瞬ノアールが戻ってきたのかと思ったが、筋肉質な彼とは似ても似つかない。

「確かにそうですが……あなたは？」

「王室の関係者です。セルドン伯爵は昨夜のうちにお帰りになりましたゆえ、アリーチェ様はわたくしがご案内いたします」

「それは助かります。ではお言葉に甘えて」

ヴァイオラはホッとして、男性について廊下を進んだ。ここは広間や食堂からは離れているせいか、しんと静まりかえっている。

天井にフレスコ画が描かれた廊下を歩きながら、ヴァイオラはため息をついた。

（伯爵家の人たちにはなんて説明しようかしらね）

ヴァイオラがプライドも尊厳も失っていないのは確かだが、さすがに何があったのか聞いたら卒倒するかもしれない。

生真面目そうなアリーチェのことだから、ヴァイオラが彼女の代わりに純潔を散らしたと知ったら責任を感じてしまうだろう。伯爵夫妻にしても居たたまれない気持ちになるに違いない。

（私はむしろ、悪役令嬢としてのプライドを守ったと思ってるんだけど）

薬のせいとはいえ、あられもない姿や痴態を衆目に見られていたら、アリーチェを演じるという約束を反故にするどころか、伯爵家の名にも傷をつけただろう。今のヴァイオラにとって大事なのは、自分を守ることよりも、悪役令嬢としての矜持を守ることにほかならない。

処女を失ったことだって、追放された身で幸せな結婚など望んでもいないのだから、後悔だって微塵もしていないのだ。

あの行為が正解だったのかどうかがわかるのは、きっとだいぶ先のことだろう。その頃には、自分はもうここにはいない。

ヴァイオラには夢があった。

断罪されたのちは、長閑な景色の広がる風光明媚な場所で、誰ともかかわらずに静かに生きていきたい――自分が悪役令嬢の人生を生きていると気づいた子供の時から、そう願っていたのだ。おそらく自分には敵が多すぎる。

考え事をしているうちに、何やら重厚なドアの前で従僕が足を止めた。そういえば、玄関に向かうどころかここは最上階の三階ではなかろうか。

「えーと……こちらはどなたのお部屋ですか？」

「王太子殿下の私室です。今から殿下がお会いになります」

「そうですか。……えっ⁉」

（い、今、なんて言ったの⁉）

しかし、尋ねる間もなく従僕がドアを叩いたため、質問をのみ込んだ。

「失礼いたします。セルドン伯爵家ご令嬢、アリーチェ様をお連れいたしました」

「通してくれ」

聞き覚えのある声が室内から聞こえ、ヴァイオラの心臓はカエルでものみ込んだみたいに跳ね回った。

ドアが開き、従僕に続き足を踏み入れる。ドレスの両脇を摘まみ、脚を後ろに引いて頭を下げた。

「お……お初にお目にかかります。セルドン伯爵家のアリーチェで……す⁉」

顔を上げた瞬間、ヴァイオラは息をのみ目を見開いた。

こちらを振り向いた男性の姿に、一瞬にして頭の中が真っ白になる。

見上げるほどの長身にがっしりした身体つき、清冽（せいれつ）な流れのような銀色の髪と、氷河みたいな青灰色の瞳をもつ彼は、前世で祭壇まで作ったダンテ・アルクール・メリディオンその人ではないか。

（ほ、本物だわ……‼）

心臓が早鐘を打ち、わけもなく走ったり跳びはねたりしたい衝動に駆られた。

ゲームのスチル絵で散々見た、咆哮（ほうこう）する横顔。下からねめつけてくる冷たい表情。

ムービーでは勇ましく戦う姿だけでなく、なぜか見事なまでの筋肉質な身体を惜しげもなく披露するシャワーシーンもあった。

顔がよすぎる『ぶっ壊れモブ』として人気を博した彼だったが、こうして間近で見るとその麗しさは神々しいばかりだ。冷たく刺すような眼差しも、自信たっぷりのニヒルな笑みも、髪をかき上げるしぐさも、すべてが最高すぎる。

表面上は取り繕いながらも、ヴァイオラはふんふんと鼻息を荒くした。どんなに息を吸っても満たされない感じがして、バストが零れ落ちんばかりに胸を張る。

（落ち着いて。落ち着くのよ、ヴァイオラ）

必死に自分を押さえつけるヴァイオラの気持ちをよそに、ダンテがやや大げさにお辞儀をする。

「ようこそ王宮へ。アウデラード王国王太子のダンテだ」

一歩こちらへ近づいた彼が、ヴァイオラの手を取り甲にキスを落とした。そこにピリッした小さな痛みが起こり、アルコールのように全身に回って、鼓動も呼吸もいっそう速まった。

（推しが私の手にキスを……なんてことなの）

それだけで卒倒しそうだったのに、顔を上げたダンテがニコッと笑みを向けてきたため、いよいよ胸が破裂しそうになった。

トレードマークだった――というより、モブだったため一張羅だった漆黒の軍服がとてつもなく似合っている。ゲームで見た姿そのままだ。

ヴァイオラの心は完全に前世に戻っていたが、おかしな女だと思われるのはごめんだった。

精一杯取り繕って引きつった笑みを浮かべる。

「ゆっくり休めたかい？」

「おかげさまで……ええと？　なんの話でしょう」

「私もあのあと少し眠ってしまったよ。お互い疲れていたんだろう。君に無理をさせたんじゃないかと気にしていたが、元気そうで安心した」

「はい……？」

ダンテが何を言っているかわからず、ヴァイオラは曖昧に笑った。

わざとらしい咳払い（せきばらい）が聞こえて続き間のドアを見ると、先ほどヴァイオラをここへ連れてきた眼鏡をかけた従僕がいる。

「まだいたのか、ジュリオ」

「おりまして申し訳ございません。影のようにあなたに寄り添うのが仕事ですので」

固い表情で目を合わさず返す男性に、ダンテが苦笑した。

「そう愛想のないことを言うな。――アリーチェ。こちらはジュリオ。私のいとこでいろいろと身の回りのことをしてもらっている」

「どうも」

ぺこりと頭を下げるジュリオに、ヴァイオラは丁寧にお辞儀した。先ほども通り一遍のことしか言わなかったが、こういう人なのだろう。

その後ジュリオが退室し、入れ替わりに紅茶を運んできたメイドも出ていった。

部屋にはふたりだけになったが、舞い上がってしまってどうしたらいいかわからない。もしダンテに会えたら、などと夢見ていたことが何も役に立っていないではないか。

カップを啜るダンテの横顔に、ヴァイオラはただただ見とれた。艶めいた銀色の髪に、長く濃い睫毛。透き通る瞳。滑らかそうな唇に、引き締まった口元……

彼の前では夜空に光り輝く星すらもかすんでしまうだろう。

(ああ、ダンテ……あなたってば、なんて素敵なの？)

「私の顔に何かついてるか？」

突然訝るような視線に捉えられ、ヴァイオラはドキッとした。

「い、いえ、何も。ええと……殿下はこちらにお住まいなのですか？」

「いや、今夜は舞踏会のためにここへ来ただけで、普段はエズプロス離宮にいる」

「エズプロス……？」

ヴァイオラはゲームの記憶を探ったが、やはり聞いたことのない名前だ。

「そちらはどのあたりにあるのでしょうか？」

尋ねてみたところ、ダンテが不服そうに唇を引き結ぶ。

「この国にエズプロス離宮を知らない人がいるとは驚いたな」

あら。

「失礼いたしました。勉強不足でしたわ」

そう答えながら、冷ややかに見下ろしてくる険しい瞳にヴァイオラはぞくぞくしていた。

(これこれ、この蔑むような目が堪らないの。最高だわ……！)

ゲームでの彼の立ち位置は、屈強な体格そのままに自信に満ちた、怜悧な物言いのするプライドの高いキャラだった。きっと、離宮の主としてヴァイオラの発言が許せなかったのだろう。

(彼は王宮ではなく離宮で暮らしていたのね。新情報……実にありがたいわ)

ダンテはこわばった口元をフッと緩め、カップを手にした。

「仕方あるまい。私も少し言い方がきつかった。謝るよ」

「いいえ。失礼を申しましたわ」

「構わないよ。ところで、君をこの部屋に呼んだのはほかでもない。私と一緒に離宮へ行き、しばらく逗留してもらえないだろうかという相談だ」

あまりに突飛な申し出に、ヴァイオラは紅茶が変なところに入って咳き込んだ。

「え、ええと、逗留というと？」

「昨夜のことを忘れたとは言わせないよ」

意味深に目を細めてこちらを見るアイスグレーの瞳を、ヴァイオラはじっと見つめた。

昨夜といえばつい先ほどのことだ。こんなにも美しい人と、関わることなんてそうそう——

「ああっ‼」

がたん！　とヴァイオラは立ち上がった。

「ま、まさか……ノアールなの⁉」

「君にそう呼ばれたな」

ダンテが口元に拳を当てて笑う。

「そ、そんな……だって、髪の色が違うじゃない！　彼は黒髪だったわ」

しかし、それ以外は背格好も瞳の色も、声だって同じだ。そっくりな親族だとばかり思っていたのに、まさか最推しに抱かれたなんて。

ダンテはテーブルを回って、長椅子にへたり込むヴァイオラの隣に座った。

ぶっ壊れモブの名に等しい、ハチャメチャに美しい顔が迫ってきて身を反らす。奥まで透けて見えそうな瞳の鮮烈さに目が離せない。

彼は息が触れそうなほど顔を近づけてきた。

「昨夜はかつらをかぶっていたんだ。髪と瞳の色で私だとわかってしまうから」

「そ、そうね。仮面もつけていたわ」

「あれは趣味の悪い仮面だったな。しかしああするしかなかった。そしてどうやら、君の虜（とりこ）になってしまったようだ」

ちゅ、と握られた手の甲にキスが落とされて、自然と吐息が洩れた。その柔らかな感触に昨夜の記憶をまざまざと呼び起こされたのだ。脚のあいだまで、トクンと震えた気がする。

(う、嘘でしょう?　本当に彼に抱かれたの?)

氷室から取り出したばかりの氷のように美しい瞳に囚われたまま、ヴァイオラは動けない。

昨夜の彼は、まだ誰も触れたことのない素肌を優しく指でなぞった。

柔らかな唇と舌は秘められた場所を執拗にくすぐり、樹々のざわめきみたいな声は、甘く鼓膜を揺さぶった。

彼の熱い下腹部は無尽に胎内をさまよい、眠っていたヴァイオラの欲望に火をつけた。そして、決して消えることのない鮮やかな疼きを刻み付けたのだ。

あの時の無様な自分は思い出したくもない。けれど、彼と分かち合った情熱的なひとときの、なんと濃密で美しく輝いていることか。

こうしてダンテに手を握られているだけで、鼓動は逸り呼吸が乱れた。白い胸のてっぺんを飾るピンクの蕾も、秘密の泉もじんじんと痺れている。

「昨夜は、申し訳ないことをしたと思っている。薬を盛られて正気ではない君を抱くなんて」

「ノアール……」

何度も呼んだ名を無意識に口にしていたことにハッとして、居住まいを正す。

「わ、わたくし家に戻らなければなりませんわ。家族が心配しておりますので」

ダンテがクスッと笑みを零した。

「すでに昨夜のうちに急使を向かわせているよ」

「えっ」

澄んだ水面のような瞳がヴァイオラの目を覗き込み、顎に手が掛かる。

「君は何も心配せずに、私のそばにいてくれさえすればいいんだ。ともに離宮へ向かってくれるな？」

端麗な顔が近づいてきたかと思うと、唇が軽く吸い立てられた。

ダンテはヴァイオラの頬を両手で包み、唇を何度か優しく食んだ。互いを探るようなキスに自然と吐息が洩れる。

「ん、ふぁ……」

高鳴る鼓動の強さに、ヴァイオラはぶるぶると震えた。しがみついた軍服越しに感じる引き締まった胸は熱く、彼の鼓動や血流まで感じられそうで。

口付けは次第に荒くなり、吐息が熱を帯びていく。肉厚の舌が唇の内側の粘膜、歯列を舐め、そしてするりと口内に忍び込んでくる。

ヴァイオラがおずおずと舌を差し出すと、すぐに絡め取られた。艶めかしく淫らな動きで互いを求め、舐（ねぶ）り、逃げては追い、吸い立てる。ちゅくっ……じゅっ、と音を立てて口内をまさぐられたら、とてつもなく淫らな気持ちが湧き起こった。

一度離れたダンテが、欲望を滾らせた瞳でじっと見つめてくる。

「アリーチェ……なんてかわいらしいんだ。見事な金色の髪も、エメラルドの瞳も」

ヴァイオラの髪を撫でつつ、彼が吐息まじりに囁く。彼はすぐにまた唇を重ね、角度を変えつつあたたかな唇で深くヴァイオラを味わった。

「ふ……う、ノアー……ル」

まるでベッドの上にでもいるような濃密な口づけに、ヴァイオラはすっかり腰砕けになった。肉厚の舌で優しく口内を舐め回されたら、一瞬、夢の中にいるように感じた。

本当の自分はまだポンポルトにいて、処刑台でギロチンが降ってくるのを待っている最中なのかもしれない。あるいは、この世界で数奇な人生を歩んでいること自体が夢で、パソコンの前で船を漕いでいるだけなのか……

ヴァイオラの唇と口内を散々味わってからようやく彼は離れたが、それでも瞼を開けられなかった。

「どうした？　まだ欲しいのか？」

そう囁かれてゆっくり目を開けたところ、ダンテは変わらずそこにいた。何度見ても顔がよすぎてびっくりする。

「い、いえ……目を開けたらすべてが消えてしまうんじゃないかと思ったんです。あなたとキスをしていることが信じられなくて……」

「アリーチェ」

彼はクスクス笑ってヴァイオラを抱きしめた。

「これ以上私を虜にしてどうするつもりなんだ？」

本心から出た言葉だったが、彼には効果てきめんだったようだ。そのまま長椅子に押し倒されて、熱い身体が降ってくる。

「執務室にはベッドがないんだ。長椅子が硬くてすまない」

「ひぁっ、ちょっ‼」

ドレスの中に忍び込んできた手を掴み、必死に押し戻す。

「だっ、ダメです。こんなところで」

「どこで何をしようが咎（とが）める者はいないよ。私は王太子なんだから」

（ひいっ……恐れ多い！）

首筋に落とされるキスから逃れようと、ヴァイオラは思い切り首を反らした。太腿にあたる彼の股間がもう硬い。こん棒でも仕込んでいるみたいだ。

その時、執務室のドアがいきなり開き、ふたりして飛び起きた。ドアのほうを見れば、ダンテそっくりの銀髪をした小さな男の子が立っている。

「兄上？　何をしてるの？」

きょとんと首を傾（かし）げる年端もいかない男児の姿に、ダンテが血相を変えてヴァイオラから下りた。

「おっ、お兄ちゃんはこちらの女性にマッサージをしていたんだ。肩が凝っているらしい」

「マッサージ？　そんなことを王太子自らがするの？」

男の子の的を射た発言に、ヴァイオラはプッと噴き出した。相当慌てていたのか、ダンテが自分を『お兄ちゃん』と言ってしまったのも最高すぎる。

ダンテに弟がいるのは『はなおと』のシナリオで知っていたが、名前や年齢、どんな姿をしているかまでは明らかにされていなかった。推しに関することならどんな些細な情報でも嬉しいのに、こんなにも間近で見ることができるなんて、と拝みたくなる。

ダンテは咳払いをして乱れた髪を整えた。

「そんなことよりオーリス。お前、どうしてここへ来たんだ？　何か用事でもあるのか？」

「兄上と一緒に朝食を食べようとして呼びに来たんだよ。ところでその人は？」

興味津々といった体の男の子の目がヴァイオラを捉える。

オーリスと呼ばれたダンテの弟は、海のように深い青色をした瞳に、後ろでちょこんと結んだヘアスタイルがかわいらしい男の子だ。兄に似て顔がよく、身長はドアの把手をやっと超えたくらい。

袖が膨らんだ白いシャツに、脇にタッセルのついた灰色のキュロットを穿いている。

立ち上がったダンテがオーリスの手を引いてきた。

「こちらは私の弟でオーリスだ。ほかに兄弟はいない。オーリス、こちらはセルドン伯爵家のアリーチェだよ」

「アリーチェです。お初にお目にかかります、オーリス殿下」

「初めまして、オーリスです。九歳です」

生意気にもヴァイオラの手にキスをしたオーリスは、顔を上げると同時に「あっ」と目を見開く。

「アリーチェは歳を言わなくていいんだよ」

ヴァイオラはまたしても噴き出してしまった。女性に年齢を言わせるのは失礼にあたると思ったのだろう。前世の自分のも歳の離れた弟がいたが、こんなに賢くなかった。ダンテは苦笑し、オーリスは面映(おもは)ゆそうに笑っている。


オーリスのおかげで執務室での行為を避けられたヴァイオラは、兄弟と連れ立って食堂へ向かった。

この離宮の食堂は晩餐会(ばんさんかい)ができるほどの広さがあり、馬を何頭も並べたくらいの長いテーブルが置かれている。アリーチェはテーブルの端にダンテと向かい合って座った。隣にはオーリスがいる。

シミひとつないクロスにずらりと並ぶのは、希少な魚卵とスパイスを使った前菜や、すり身のテリーヌ、特産のハーブを使った魚介の煮込み、ソテーなど。

ポンポルトを旅立ってからというもの、質素な食事が続いていたせいか身体に染み渡る。それに大国の離宮で振る舞われる料理とあって、どれも大変豪華で味がいい。

品位を失わないよう気をつけながらも食事を次々に平らげていくヴァイオラを、気づけばダンテが見つめていた。

「味はどうかな？　わが城の料理人は腕がいいと自負しているんだが」

ヴァイオラはナプキンで唇を押えて、にこりと笑みを浮かべた。

「とてもおいしいですわ。こんな食事を毎日いただけるなんて殿下が羨ましいです」

「それはよかった。足りなかったら給仕に頼むといい」

さすがにお代わりするほど胃袋に余裕はなかったが、取り分けたぶんはすべてきれいにした。

考えてみれば、忙しかった昨日の朝から今まで、一度もまともに食べていなかったのだ。

しかし幼いオーリスの口には合わなかったのか、彼は食べ残した野菜をフォークでつついている。

「オーリス殿下、食べ物で遊ぶのはよくありませんよ」

「ごめんなさい。オーリスでいいよ」

つつくのをやめてオーリスがいった。

「わかったわ、オーリス。お腹がいっぱいになったら残しておいていいのよ。それに食べきれないほどたくさんお皿に取るのもよくないわ。少しでいいと言わなくちゃ」

「僕がお皿に残したのも使用人が食べたりする？」

「そういうこともあるかもしれないわね。だから弄ってはダメ。それに品がないわ。食べ終わったらフォークを皿に置いてじっとしているの。少しならおしゃべりしてもいいけどね」

オーリスはフォークを皿に置いて屈託のない笑みを向けた。

「わかった。アリーチェとお話ししてもいい？」

「もちろんよ。それじゃあ、あなたが好きなことを教えて」

ちらりとダンテを見ると、彼はふたりのやりとりを微笑ましそうな顔つきで眺めている。

オーリスがそわそわと話し始めた。

「僕は動物が大好きなんだ。城の中庭にはたまにリスがやってきて、厨房からもらってきた木の実をあげたりしてるの。リットって名前だよ」

「いい名前ね。リットはかわいい？」

「もちろん！　しっぽがふさふさで、こうやってクルミを手で回しながら器用に食べるんだ」

小さな手でくるくるとクルミを回して齧る真似をする様子がかわいらしい。

「牧場の牛は鼻を撫でさせてくれるし、羊追いの犬は僕を見かけると遠くから走ってくるんだよ。先月から馬の練習も初めたから、うまくなったらアリーチェを乗せてあげるね」

「嬉しいわ。動物たちもきっとオーリスが大好きなのね」

「そうだよ。僕、大人になったら動物のお医者さんになりたいんだ！」

（は〜〜っ、推しの弟かわいい〜〜！）

興奮した様子で話すオーリスがなんともかわいらしくて、緩みそうになる頬に力を籠めた。

第二王子のオーリスが獣医になれるかわからないけれど、周りの人たちも彼の言うことを否定しないのだろう。素晴らしいことだ。

食後のデザートも済み、食堂を出たところでオーリスと別れた。彼はこれから歴史と音楽の授業があるそうだ。

さて、と。

ヴァイオラは息を吸ってダンテを振り返り、丁寧に腰を折った。

「殿下、昨夜からの大変手厚いおもてなしに心より感謝申し上げます。家に戻ったらお礼の手紙を書きます。それでは」

「待ちたまえ」

踵（きびす）を返す途中で強く腕を引かれたため、ヴァイオラはダンテの胸に倒れ込んだ。

ぎろり、と頭上からねめつけられて鼓動がざわめく。しかしここで怯（ひる）んではならない。

はじめこそ彼をアリーチェの縁談相手と目論（もくろ）み気に入られようとしていたが、単なるお金持ちの貴族ではなく王太子ダンテとわかれば話は別だ。

大国の未来を背負って立つ彼と、宮廷でなんの力も及ぼさない貧乏伯爵の令嬢では格が違いすぎる。

　ダンテから離れようとしたものの、彼は手を放してくれずこちらを睨みつけている。

「どこへ行くつもりだ？　しばらくのあいだ逗留してくれと話したはずだが」

「もちろん家に帰るつもりですわ。先ほどのお話を忘れたわけではないのですが、そうしていただく理由がありませんので。では」

　くるりと背中を向けると、今度はもっと強く腕を引かれた。ダンテは必死の形相だ。

「理由を与えれば君は帰るのをやめるのか？　よし、ではこうしよう。さっき君と弟のやり取りを見ていて思いついたんだが、彼の遊び相手を務めてもらえないだろうか。どうやらオーリスは君が気に入ったらしい」

　ヴァイオラは目を丸くした。

「オーリス殿下の遊び相手を？　私がですか？」

　幾分こわばった表情のダンテが深く頷く。

「オーリスはあの通り賢い子ではあるんだが、少々やんちゃで甘えん坊なところがある。生意気を言って教育係を困らせたりしているようだが、君の言うことなら素直に聞きそうだ」

　ヴァイオラは、自分より頭ひとつぶん背の高いダンテを見上げたまま考えた。

　かわいらしいオーリスの遊び相手をしつつ、推しの姿を間近で拝めるなんて、こんなにいい話はほかにない。乗馬の腕が上達したら乗せてくれると言っていたオーリスと、何も言わずに別れるのもかわいそうだ。

　貧乏伯爵令嬢が王太子に頼みをされたら、普通は光栄で飛び上がるだろう。断る理由などどこにもなく、断れば却って不自然だ。

「かしこまりました。わたくしでよろしければ、謹んでお受けいたします」

　そう返すと、彼はあからさまにホッとした顔を見せた。

「よかった。その代わり、伯爵家にはいくばくかの援助をしよう。こういってはなんだが、君の父君はあまり裕福とはいえないようだ」

「それはありがたいことです」

　ヴァイオラは睫毛を伏せて腰を落とした。

「そうと決まればすぐに使いの者を出そう。ジュリオ」

　パチンとダンテが指を鳴らすと、柱の陰から彼のいとこの側近が姿を現した。廊下にはふたりだけだと思っていたからびっくりした。

　特段表情を変えずにダンテから指示を受けていたジュリオは、話が終わるなり踵を返してどこかへ消えた。彼は無愛想だが真面目で従順ではあるようだ。

　ダンテがこちらを向き、胸が触れ合うほど近づいた。

「早速だが、明朝から公務で出掛けることになっているんだ。勉強のためオーリスも連れていくから君にもついてきてほしい。頼めるね？」

「もちろんです」

彼が頷いた時、アイスグレーの瞳の奥がきらりと光った。

「詳しい話は夕食のあとにでもジュリオからさせよう。私はこのあと予定があるから夕食はオーリスととってくれ」

「かしこまりました」

「では、また明日の朝」

すれ違いざまに囁いたダンテの唇が耳をかすめ、ヴァイオラは思わず息を止めた。

しかし、口づけには至らず彼は廊下の奥へと去っていき、やがて階段を下りていってしまう。

彼の唇が触れた耳が熱をもっているように感じ、そこに指で触れた。まだ胸がドキドキしている。

「まずいことになったわ……」

まずいこと——いろいろだ。

アリーチェを演じるのは一時的なものだと思っていたから軽い気持ちで引き受けたが、しばらくは自分を隠さなければならない。

しかしそれ以上にまずいことがある。熱い一夜をともにした相手がダンテとわかってから、なんだか変なのだ。

推しは推すもの。眺めて、愛(め)でて、支えて、夢を託すもの。

その代わりに彼らは生きる力をくれ、癒してくれる。

『推す』と『好き』とは違うとわかっているのに、体温のある彼の男性的な魅力に抗えない。

頭と心は別だ。

（ダメよ、ヴァイオラ。気を確かにもって）

コルセットがみしみしと音を立てるほど深く息を吸い、昂った気持ちを鎮める。

今のヴァイオラの役目は、アリーチェのためにできるだけ地位の高い、財産をたっぷり持っていそうな貴族の長男を惹きつけること。そのためにはどうするのが最善だろう。

自室に向かって歩きながら、何かいい方法はないかと頭を捻る。

そしてドアノブに手をかけた時、ある妙案を思いついた。

（そうだわ。ダンテのそばにいれば有力な貴族と知りあえるんじゃないかしら。それか、もっと近くにいる人とか。たとえばそう……側近のジュリオなんかいいかもしれないわ）

我ながらいいアイデアだと口元をほころばせながらドアを開ける。

明日はジュリオも同行するだろうから、彼の身分や独身かどうかについてそれとなく探ってみよう。

ヴァイオラを乗せた馬車が離宮を発ったのは、まだ夜も明けきらぬ早暁のことだった。

馬車は金塗りの豪華な四頭立て。セルドン伯爵家の馬車と比べて乗り心地は雲泥の差がある。

「それで、今日はどちらに向かっているのですか?」

車窓から目を戻したヴァイオラは、斜め向かいの席に座っているダンテに話しかけた。

「トバル地方の南にあるキヴィ侯爵の城だよ。会議という名のくだらないおしゃべりをして、狩猟大会に参加する。侯爵領には狩猟にうってつけの林があるんだ」

「トバル地方といえば、鹿がよくとれると有名ですものね。あなたの側近の男性も参加されるんですか?」

ダンテの眉がピクリと動く。

「ジュリオ? 確かに彼も参加するが」

「そうですか。では私はオーリスと留守番ですね。何をしようかしら」

なぜか少しホッとした様子のダンテが、向かいの席から隣に移動してきた。

「侯爵の城には立派な庭園があるんだ。十人は座れる大きなガゼボがあるし、ブランコや回転木馬といった遊具もある。狩猟大会に連れてこられた奥方たちは庭園でお茶会をするらしい」

「まあ、楽しそう! きっとオーリスも喜びますわ」

パッと笑みを浮かべると、ダンテの艶(つや)やかな唇が横に広がった。

「さっそく弟のことを考えくれてるんだな。ところで、ふたりきりの時は敬語はいらないよ」

ヴァイオラの手を握った彼の顔がくっつきそうなほど近づく。

「狩猟大会では君に優勝を捧(ささ)げようじゃないか。楽しみにしていてくれ」

「ありがとう。狩猟が得意だなんて素敵だわ。ジュリオも得意なのかしら？」

ガクン、と馬車が大きく揺れ、即座に逞しい腕に抱きしめられた。あまりにも美しい顔がすぐ近くにあり、急いで顔を背ける。

「大丈夫か？」

「ええ、どうにか。それでジュリオは……なんの話だったかしら？」

「そんなにヤツのことが気になるのか？」

鋭く説いたナイフのような視線がこちらを捉える。

「ええと……そうね。彼のお父様のこととか、兄弟の何番目なのかとか、どうしてあなたの側近をしているのかとか、気になるわ」

すると彼は渋々といった様子でジュリオのことを教えてくれた。

彼は王妃の姉夫妻の長男で、侯爵である父親は法務大臣をしているらしい。

歳はダンテよりふたつ年上の二十二歳。彼の父親の家系は代々文官の職に就くことが多く、ジュリオと父親のほかにも宮廷で要職に就いている者がいるのだそう。

信頼できる身内で周りを固めたい王家としては、ジュリオみたいに頭脳明晰な若者がいてありがたかったのだとか。

「ただし、あの通り彼はカタブツだ。歌やダンス、花の美しさも空の青さもわからない男だよ」

隣で力説する声が聞こえるが、頭のなかで計算を始めているヴァイオラの耳には入らない。

「そう、侯爵家の長男で頭がいいのね……」

ジュリオはアリーチェの伴侶としてこれ以上ないほど申し分ない相手のようだが、何せセルドン伯爵家はあの通りの没落貴族だ。

ジュリオは外戚とはいえ王家の血筋で、本人も親族も宮廷で幅を利かせているとなれば引く手あまたのはず。わざわざアリーチェを選ぶ必要がない。その不利な点を補うことこそ、ヴァイオラの役目といえるのではなかろうか。

ダンテが大げさに咳払いをしたため、ヴァイオラはやっと彼のことを思い出した。

「君がそんなにジュリオのことに興味があるとは意外だったよ。私に尋ねたいことは何もないと？」

「そういうわけではありませんわ」

（あなたのことはほとんど知ってるというだけよ）

その言葉をのみ込んで、ふふんと前を向いた。なんとなく彼をからかってみたくなったのだ。

「なるほど。そういう作戦か」

「えっ？」

「なんでもない。私も少し大人にならなければいけないようだ」

ダンテはそれきり前を向いて黙ってしまった。

トバル地方へは馬を替えつつ一週間で到着した。途中貴族の屋敷でゆっくり休めたためそれほど疲れてもいない。

ダンテとの会話はほとんどが他愛もない内容だった。時々彼がほのめかす国内情勢の話題に食いついていたら『政治に興味がある女性は初めてだ』と笑われたけれど、宮廷貴族の人間関係を知れたのはよかった。

ダンテの手を借りて馬車を降りると、オーリスが走ってきた。

「僕、このままずっと馬車の中かと思ってたよ。早く行こう」

グッと手を引かれてよろめいたヴァイオラの腰をダンテが支える。

「オーリス。女性は優しくエスコートするものだよ。ドレスに躓いて怪我をしてしまうかもしれない」

「ごめんなさい、アリーチェ。兄上、こうするといいよ」

オーリスは兄の手を取ってヴァイオラの手と結ばせた。ダンテの腰の高さくらいの背丈しかないオーリスが、両手を後ろで組んでニヤニヤしている。

ヴァイオラは照れ臭いのとオーリスがかわいいのとで、口元を手で押さえて笑った。ダンテも同じ気持ちのようだ。

「これはこれは王太子殿下、長旅お疲れ様でございましたな」

将軍髯を生やした短躯の男性が近づいてきて、ヴァイオラはダンテの手を放した。

慇懃なほどの笑みを浮かべた男性がダンテのすぐ前で足を止め、深々と腰を折る。王家の嫡男を前にすれば自然と畏れて一定の距離を保つのが普通だが、ずいぶんと親しげな様子だ。

「本日は久方ぶりに麗しいご尊顔を拝めて幸いに存じます。殿下」

「やめてくれ、スヴェンズ卿。つい最近も議会で会ったじゃないか」

苦笑するダンテに、スヴェンズ卿は肩をすくめてみせた。

「このおいぼれにしてみれば、我が国の未来の王のお姿を拝見するだけでありがたいのですよ。ところで、そちらのお嬢様をご紹介願えますかな？」

ずる賢そうなこげ茶色の目がこちらを捉え、ヴァイオラは身構えた。

「こちらはセルドン伯爵家の娘でアリーチェだ。オーリスの遊び相手をしてもらっている。アリーチェ、彼は財務大臣のスヴェンズ侯爵だよ」

「はじめまして。アリーチェと申します」

「おお、オーリス殿下の！　まだ幼い殿下におかれましては母君と離れておいででお淋しゅうございましょうからな。近くに女性がいたほうが何かと安心なされましょう」

その時、ジュリオがやってきてダンテとオーリスを屋敷の主のところへ連れていった。

ダンテの後ろ姿を追っていた目をスヴェンズ侯爵に戻すと、彼の顔からは慇懃な笑みがすっかり消えていた。

「アリーチェ殿。セルドン伯爵はお元気ですかな？　昔は恰幅もよく肩で風切って歩いているふうだったが、ここ数年はだいぶお痩せになったようだ。やはり繊維工場の経営が思わしくないのかね？」

ピキッと顔が引きつりそうになったが、ヴァイオラは腹に力を籠めてにこりと微笑んだ。

「おかげさまで家族全員元気にしておりますわ。すみませんが、父の仕事のことはよく知らないのです。閣下が父をご存じと知りませんで失礼いたしました」

「なんのなんの。お父君は取り立てて宮廷で目立った存在ではありませんし、家で政治の話をするゆとりもないのでしょうから仕方がありませんな。それよりも、あなたのような年頃の美しいご令嬢がいるとは驚きです。して、王太子殿下とはどちらの紹介でお会いになったのかな？」

「お父様」

どこからか近づいてきた若い女性に声を掛けられて、侯爵の顔が一気に綻んだ。

ヴァイオラは正直ホッとしていた。侯爵はヴァイオラがダンテと懇意にしている様子が気に入らないようだが、あまり根掘り葉掘り尋ねられても困る。

侯爵に声を掛けてきた女性は、豊かな赤銅色の巻き髪を両耳の下から垂らした小柄な女性だ。痩せぎすで頬にそばかすがあり、ひと目で上等なものとわかるオレンジ色のドレスを着ている。

ヴァイオラと同年代と思われるが顔は幼い印象だ。侯爵は彼女を溺愛しているのだろう。彼は頬を緩めたままヴァイオラのほうを向いた。

「紹介しよう。娘のカテリナだ。カテリナ、セルドン伯爵家のご令嬢だそうだ」

「カテリナよ。よろしくね」

「アリーチェです」

なかなかのカーテシーを見せるカテリナに対し、ヴァイオラは誰もが目を見張るほど完璧で美しいお辞儀を披露した。

今日着ている赤色のドレスは故国で有名デザイナーに作らせたもので、セルドン伯爵が離宮からの使者にトランクごと持たせたのを合流地点で受け取ったのだ。

一着で馬が何頭も買えてしまうドレスは、そこらの並の貴族では到底手が出せない代物だ。

顔を上げた瞬間、鬼のような形相をしたカテリナの顔が目に入り、ヴァイオラはニヤリとした。

「どうかなさったの？」

自分のよりもはるかに豪華で美しいドレスから目が離せなくなったカテリナに、ヴァイオラは首を傾げた。

ハッとした彼女が父親の腕を強く引っ張る。

「べ、別にどうもしないわ。お父様行きましょう。皆さまお待ちかねよ」

「そ、そうか？　ではアリーチェ殿、失礼する」

スヴェンズ侯爵はドレスの価値がわからないのか、娘に強引に手を引かれてどこかへ消えた。

（あの親子、まるで私に対抗意識を燃やしてるみたいね）

自分を悪く言われるのは慣れているが、セルドン伯爵のことをあんなふうに言うのは許せない。

でもちょっと、ドレスの件では敵を討ったような気でいる。伯爵が気を利かせて使者にドレスを持たせてくれて助かった。


翌日、ヴァイオラは日傘を差して、今朝到着したサリダと一緒に庭園を歩いていた。

もうすぐ茶会が始まる。その前に情報収集をしようと、適度に噂好きで味方になってくれそうな人を物色している最中だ。

「話には聞いておりましたけれど、素晴らしいお庭ですわね。前にいたお屋敷を思い出します」

そう言って美しい庭園に目を馳せるサリダに、ヴァイオラは頷く。

「本当に。なんだか懐かしいわ」

青々した樹々のざわめきと色とりどりの花が、まるで四つの季節がいっぺんにやってきたよう。ラスキュイーズ家の庭もこんな感じだった。

すぐ目の前に、やはり日傘を差した女性ふたりがぺちゃくちゃとおしゃべりをしている。

　ヴァイオラは歩みを緩め、おしゃべりに夢中でほとんど花を見ていないふたりの会話に聞き耳を立てた。

「ねえ、スヴェンズ侯爵のお嬢様のドレス見た？　とても素敵だったわね」

「そうね。きっと今回の滞在のために何着も作ったんでしょう。私も新調したのに、あのドレスの前では見劣りしてしまうわ」

「お父君が必死ですものね。でもあの下品なカテリナじゃあ王太子殿下の横に並んでも引き立て役にしかならないんじゃなくて？」

「しーっ、ここじゃ誰が聞いているかわからないわよ」

　揶揄(やゆ)した女性が噴き出して、ふたりでくすくすと笑う。

　ヴァイオラは足を速めてふたりを追い抜いた。彼女たちが味方となりうるか判断するためだ。

　すると、思った通り彼女らはひそひそ話を始めた。

「ちょっと見てよ。あの方のドレスなんて素晴らしいのかしら！」

「本当、ため息が出るわね。あのドレス、ポンポルトの一流デザイナーのデザインに似てるわ。ええと、なんてデザイナーだったかしら？」

「きっと目が飛び出るほどの値段に違いないわ。どこのご令嬢なのかしら？」

（やったわ。狙い通り食いついたわね）

　ヴァイオラが小さく咳払いをして振り返ったため、ふたりがびくりとする。

「ごきげんよう。よろしかったら一緒に歩きませんこと？」

「よ、よろしいのですか？」

「ええ、もちろんですわ」

ふたりは目を輝かせてヴァイオラについてきた。

しばらくは世間話をしていたが、互いのドレスの褒め合いが始まるとそれとなくカテリナの話題に会話を誘導する。

「スヴェンズ侯爵家のご令嬢も素敵なドレスを召してらしたわね。彼女はどんな方なの？　あなた方と同年代かしら？」

ふたりの令嬢は顔を見合わせ、よくぞ聞いてくれたとばかりにヴァイオラに近づいた。

「カテリナとは貴族の子女が通う学園での同級生なの。あの人、常にたくさんの取り巻きに囲まれて学園内をわがもの顔で闊歩（かっぽ）しているのよ」

「そりゃあ確かに成績は優秀だし、父親が大臣だから先生方からの評価は高いけど、プライドが高くて付き合いにくいったらないわ。ちやほやされているように見えるけど、本当は陰でいろいろと言われてるのよ。ねえ」

と、ふたりで顔を見合わせて同調する。

「そう。彼女はお妃候補なの？」

「そうよ。候補者は何人かいるけど、何せ父親の威光が強いもの。今のところ妃殿下の椅子に一番近いみたいだけど、当の殿下が乗り気じゃないって噂よ」

「そりゃあ、あの見た目と性格じゃねえ」

またふたりで顔を見合わせて頷く。

(つまり、この国での悪役令嬢ってことね。聞けば聞くほど耳が痛いこと)

わが身を省みて苦笑するヴァイオラだったが、これで意志が固まった。

推しには幸せな結婚をしてほしいものだ。政略結婚は避けられないにしても、せめて別の女性を選んでもらえないだろうか。

庭園をひと回りして、茶会の会場である広場にやってきた。

昨夜の晩餐会にも大勢の人がいたが、今日になって到着した人まで加わって会場はごった返している。

「そのドレス、とっても素敵だわ。ずいぶん手の込んだ刺繍ね」

自分のことを話しているのかと振り向いてみれば、別の令嬢の話だ。

おとなしそうな女性が着ているドレスは淡いグリーンで、スカート部分には全体にこげ茶色の小花模様の刺繍がある。

ヴァイオラが視線を戻した直後、今度はオレンジ色のドレスが目に入った。カテリナだ。

彼女は顎をツンと上げ、取り巻きをぞろぞろと引き連れてグリーンのドレスの女性の前で立ち止まった。

「あらぁ、とーっても素敵なドレスね。その茶色の刺繍、まるでハエがたかってるみたい。あなたによくお似合いよ」

彼女はスンスンと鼻を鳴らして顔をしかめた。

「そういえば何かにおわない？」

わざとらしく大きな声で言って、取り巻きとともに笑いながら通り過ぎる。

言われた令嬢は泣き出し、彼女の友人たちがカテリナ一行を睨みつけている。

これにはさすがのヴァイオラも腹が煮える思いがした。なんの落ち度もない人を大勢の面前で貶めるなんて、気高き悪役令嬢の風上にも置けない。

ヴァイオラがドレスの脇で小さく手を振ると、どこからともなく現れた無数の銀バエがカテリナの周りをぶんぶん飛び始めた。

この程度の魔法なら無詠唱で使えるのだ。

「きゃあっ、なんなのこの虫は⁉」

「カテリナ様、ハエですわ！　汚物にたかるハエですわ～～～‼」

カテリナと取り巻きたちは、脚が見えるのも構わずにドレスを持ちあげて逃げまどった。

ヴァイオラの隣では、サリダがくすくすと笑っている。

ヴァイオラは涼しい顔で眉を上げた。

「あら、笑ったら悪いわよ」

は彼女だけだ。

「すみません」

そう言ったもののサリダの笑いは収まらない。これがヴァイオラの仕業だとわかっているの

茶会の翌日、狩猟大会に出かける男たちの見送りのため、城門付近には大勢の女性が集まっていた。

オーリスと手を繋いだヴァイオラは、ダンテの雄姿をひと目見ようと首を伸ばした。ものすごく人が多い。

門の前では音楽隊によるファンファーレが鳴り響いていた。

豪華な馬具で揃えた馬たちは毛艶も大変よくほれぼれするが、なかでも一番立派なのが、ダンテが乗る巨大な白馬である。

彼の馬は金銀宝石と緻密な刺繍の入った鞍をつけた美しい馬だ。

ダンテ自身はというと、狩猟用の黒い上着に純白のブリーチ、黒い革の手袋をはめて自ら馬を引いている。今日もすこぶる麗しい。

（素敵よ、ダンテ。さすが私の推しね）

うっとりと彼を眺めるヴァイオラの視界に、場違いなほど胸元が開いた派手なドレスを着たカテリナが飛び込んだ。

「殿下、くれぐれも気を付けていってらっしゃいませ。殿下の身に何かあったらわたくしは生きていけませんわ」

カテリナが猫なで声でダンテにしなだれかかる。チラ、とヴァイオラを見る目の恐ろしいこと。獲物を狙う獣みたいだ。

ダンテは少々迷惑そうな顔をしていたが、ヴァイオラの姿を見つけるとパッと明るい表情に変わった。彼は馬を従僕に預けてこちらに向かってくる。

「おはよう、アリーチェ。昨夜はよく眠れたかい？」

「おはようございます。ええ、おかげさまで。殿下も同じでしたらいいのですが」

ダンテがにこっと笑みを浮かべる。

「私もよく眠れたよ。今日は天気もいいしきっと素晴らしい結果が出せるだろうな」

「ええ。そう信じておりますわ」

白い歯を見せる彼が眩（まぶ）しくて、ヴァイオラは目が離せなくなった。

朝日を受けてキラキラと輝く髪はまるでダイヤモンドだ。瞳はアクアマリン。ふっくらとした唇はバラの花びらだろうか。

ダンテが訝しげに首を傾げる。

「どうした？」

「推しを間近で見られる幸せを噛（か）みしめておりました」

(気を付けて行ってきてくださいね)

「おしお?」

(しまった。ボーッと見とれるあまり、考えていることと逆のことを言ってしまったわ)

「お……お塩の利いた鹿肉をよく噛んで食べたいと言ったのです。ね、オーリス殿下」

ヴァイオラはオーリスの手を握った。

「鹿肉はおいしいよね。僕大好き!」

オーリスがうまく合わせてくれたおかげでホッとした。ダンテがオーリスの頭をくしゃりと撫で、魅力的な笑みをこちらに向けてくる。

「そうか。では君のために一番大きな鹿をもってこよう。楽しみにしていてくれ」

「わっ、わたくしは?　わたくしには鹿をもってきてくださらないのですか?」

急に割り込んできたカテリナに、ダンテが驚いたような顔を見せる。

しかし彼は、カテリナに社交的な笑みを、ヴァイオラには片目をつぶって行ってしまった。

「ちょっと……どういうことなのよ……」

カテリナは去っていくダンテの後ろ姿を睨みつけて、ぶるぶると震えている。

ヴァイオラは彼女から距離を取った。

「行きましょう。庭園に遊具があるそうよ」

少し離れたところにいたサリダの腕を取り、三人で歩き出した。

＊＊＊

トバル地方は鹿肉だけでなく、丸々と太った猪（いのしし）や兎（うさぎ）、山鳥と狩りの対象が多いため、狩猟といえばトバル、というくらいには有名である。

キヴィ侯爵自身は歳を取って狩りができなくなったが、祭りの興奮を味わうためこうして定期的に狩猟大会を開催しているらしい。

盛大な見送りを受けたダンテは狩場である森へ向かっていた。

チームのメンバーはジュリオをはじめ若手の側近、近衛騎士や大臣のなかでも体力のある者ばかりだ。下馬評通りにいけば優勝すること間違いない。

「いいか、大きな獲物を見つけたからといって私に譲るなよ」

ダンテは笑いながら周りに言った。

狩猟は男の戦いで、技術や力、勇ましさ、戦術性を示す場でもある。

これくらいのことができなくて何が大国の後継者か、というわけだ。

実際、臣下に勝ちを譲ってもらわなくても勝てる自信があった。

馬にひとりで乗れるようになった十歳の頃から、百戦錬磨の騎士団長の手ほどきを受けたおかげで、王室主催の狩猟大会でも向こう三年は負け知らずだ。

自分より技量の劣る者から獲物を譲られたところで何も嬉しくない。

後ろからこげ茶色の馬が追い上げてきた。ジュリオだ。

目配せされてスピードを上げると、ほかのメンバーを後ろへ下げさせた彼が、ようやく聞き取れるくらいの声で口を開く。

「おかしいとはお思いになりませんか?」

「何がだ?」

ドカッ、ドカッという蹄(ひづめ)の音に負けないよう、ダンテはやや声を張り上げた。いつも通り彼の表情は読めない。

「アリーチェ様のことですよ。セルドン伯爵家の窮状からは考えられないほど身なりがいいと思われませんか? それにあの年頃にしては落ち着きすぎです」

「何が言いたい?」

ジュリオは一度視線を前に預け、ひと呼吸おいてからもう一度黒い目でダンテを見た。

「あなたを陥れようとしているのでは、ということです。年齢詐称をしていたり、まったくの別人の可能性もあるのでは、と。あなたに命じられてそれとなく身辺を探った時にも、彼女を以前から知っている貴族はひとりもいなかったではありませんか」

深く息を吸ったダンテは薄い笑みをジュリオに向けた。

「ジュリオよ。いや、親愛なる友でありいとこの君にははっきりと言っておくが、私は彼女を信じる。もっと言えば、彼女が誰であっても構わない」

ジュリオの眼鏡の奥の目がスッと細くなった。

「そんなにあの方に惹かれているのですか？」

「まだわからないと言いたいところだが、実のところ興味津々だよ。大体、王族に人間的な営みを認めないのはおかしいと思わないか？」

狩猟会場である森が見えてきた。広大な森は、城をぐるりと囲むようにほぼ一周している。人を撃つ可能性があるから銃は使用禁止。

自動弓までは許されており、ダンテは狩猟用の軽い剣を帯びている。

山の斜面に空いた黒い穴を見ていたら、急に肚（はら）を重くすることを思い出し、ダンテは身震いした。

「ジュリオ。彼女は君に興味をもっているらしいぞ」

「は？　私にですか？」

珍しく両眉を上げてみせるジュリオに、ダンテは頷いた。

「認めたくはないがね。君のことをいろいろと聞きたがっていた」

「そうですか。光栄と言うべきなのでしょうが、あいにくアリーチェ様のような方はあまり好みませんね」

ジュリオが舞踏会の付き添いで来た時に目で追っている女性は、大抵細身でおとなしそうなタイプだ。カタブツの彼の口から素直な言葉が聞けるのは嬉しい。

「君も二十二でいい歳なんだから、そろそろ結婚を考えたらどうだ？　たまには舞踏会にでも参加するといい。私にとってのアリーチェのような娘が見つかるかもしれないぞ」

「ということは、殿下はアリーチェ様と結婚を望まれているので？」

「君にならってもっと正直に言おう。なんとしても結婚したいと思ってるよ」

ちらりと窺ったジュリオは、苦虫を噛みつぶしたような顔でかぶりを振っている。

「周りが許すとは思えませんね。だいいち身分が釣り合いません。他国の王族か、あるいはよほど力のある貴族でなくては。たとえばスヴェンズ侯爵家のような」

いよいよ森が近くなり、ダンテは身体を起こした。

「あの娘は正直好かない。いや、だいぶ苦手な部類だ。君ならわかるだろう？」

カテリナは一般的な女性に比べるとかなり細身でダンテの好みとはかけ離れていた。おまけに性格がきつく、常に自分が一番でなくては気が済まないため、何かにつけて他人を蹴落とそうとする。

品性も落ち着きもなく、ダンテに対しては自分の所有物であるかのようにベタベタしてくるのも気に入らない。

その点、アリーチェは完璧なまでに好みに合致していた。

パッと人目を惹くエメラルドのごとき大きな瞳に、長い睫毛。

血色のいい唇は誘うように艶やかで、一度吸いついたら離れたくなくなる弾力がある。

あの晩、たった数時間で部屋をあとにしなければならなかったのが、どんなに悔やまれたことか。

舞踏会にお忍びで出掛けたのは、自由な恋愛を許されない煩わしさもあった。

一生に一度の結婚なのに、どうして誰かが見つけてきた人と添い遂げなければならないのか。

どこかに自分の片翼となる女性がいるはずだ。

そう思って参加したところ、見つけたのがアリーチェだったというわけだ。

美しいだけでなく、高貴な心と品位を持ち、他人に親切で常に落ち着きをもって接することができる稀有な人。

歌もダンスもプロ級で、身のこなしも洗練されている。知性も高い。

あれはまさしく王妃の器だろう。もう彼女以外の女性に惹かれるとは思えない。

ダンテとジュリオが森の入り口に到着してから間もなく、ほかのメンバーも合流した。

しばらくすると花火が打ち上げられ、一定間隔で配備された角笛隊の音が響き渡る。

「行こう」

サッとダンテが手を振るのと同時に、訓練された犬たちが一斉に森へ走った。

腐葉土を巻き上げながら全力で走る犬のあとを、人を乗せた馬たちが倒木や木の根を飛び越えて追いかける。さながら障害物競走だ。

獲物はまだ遠く、犬は地面を嗅ぐまでもなくどんどん進んだ。

闇雲に走っているような時間がしばらく続いたが、やがて一頭が吠えた。するとほかの犬も呼応するように吠えはじめ、獲物が近くにいることを知らせた。

「あっちだ！　右から回る！」

ダンテは馬に拍車をかけ、スピードを上げて右から回り込んだ。

いた。大きな牝鹿が逃げまどっている姿を見た途端、肌が戦慄し股間がどくどくと滾る。

逃げまどう鹿を犬が周囲から吠え立てた。鹿は怯え惑い、右往左往する。

ダンテは着実に鹿を追い込んでいったが、そのうちにあることに気づいた。

腹がパンパンに膨らんでいる。大きく見えたのはそのせいで、伸びた下草に腹が隠れて気づかなかったのだ。

ダンテは大きな声を出して犬をとどまらせた。さらに剣を水平に保ち、手綱を引くようメンバーに命じる。

追いついた近衛隊長が、逃げていく鹿とダンテを交互に見た。

「どうされたのですか。せっかく大きな獲物だったのに」

「腹に子がいたのだ」

「子が？　子がいると獲ってはいけないのですか？」

ダンテは馬首を巡らせてニヤリとした。

「あの鹿が子を産めばこの先も狩りが楽しめるだろう？　未来の楽しみをむざむざ奪う必要もあるまい」

ジュリオがこちらを見て眉を上げるのが目に入ったが、気づかぬふりをする。

本当は殺すのが忍びなかっただけだが、臣下の手前そう言わざるを得なかった。

アウデラードは大国だ。王となる者はいかなる時も非情であらねばならず、たかが動物一頭に情けをかけることなど許されないからだ。

ダンテは次期国王の威厳を示すべく、馬の上で背中をピンと伸ばした。

「さあみんな、気持ちを切り替えよう。エリアの西端まで行って、日暮れまでに鹿を三頭は仕留めるんだ。それでうまい飯を食べようじゃないか」

「御意のままに！」

森全体に響き渡る声を合図に、人馬と犬の群れは西へ向かって斜面を駆けのぼっていった。

＊＊＊

ヴァイオラは昼食をとったのち、オーリスとふたりで城内を散策していた。

繋いだ手は柔らかくしっとりと汗ばんでいる。

こんな幼い手では剣を持つことはおろか、馬の手綱すらほとんど握ったことがないのだろう。

馬の背に乗せてもらえるのはだいぶ先になりそうだ。

花壇に挟まれた石畳の上を歩きながら、腰のあたりにある銀色の頭に目を落とす。

「ダンテ殿下はどうされたかしらね。うまく鹿を仕留められているといいんだけど」

「兄上はいつも大きな鹿を持ってきてくれるよ。ジュリオや従僕には絶対に負けたくないんだって。ああ見えて結構負けず嫌いなんだ」

大人びた口ぶりに、ヴァイオラは笑い声を立てた。

「そうなの？　意外なところがあるのね」

「きっとアリーチェにはかっこいいところだけ見せようとしてるんだよ」

「それはどうして？」

オーリスが丸い目でにこにこと見上げる。

「好きだからじゃない？　アリーチェも兄上が好き？」

子供の無邪気な質問だ。慎重に言葉を選んで返さなければ。

「殿下は素敵な人だと思うわ。王国の未来をちゃんと考えて、ご自分の責務を果たしているもの」

「うーん。そういうことじゃないんだよなぁ」

呟くように言って首を捻るところを見ると、男女の恋愛を少しは理解しているようだ。

（どこでそんなことを覚えたのかしら）

くすくすと笑ってごまかしていると、少し前をスヴェンズ侯爵が歩いているのが見えた。

彼は従者も連れずにひとりで歩いている。何やらブツブツとひとり言を言っているようだが遠くて聞こえない。

すると突然、持っていたステッキを花壇に向かって勢いよく振り回した。

花は無惨にも散り、石畳の上に赤や黄色の花びらが散らばっている。

オーリスが背伸びをしたため、ヴァイオラは腰を屈（かが）めて耳を近づけた。

「あの人、今朝も別の花壇の花を踏みつけてたんだよ」

「まあ。悪い人ね」

昼食の時に小耳に挟んだ話では、スヴェンズ侯爵もかつては相当狩猟で鳴らしたらしい。

ところが、数年前の落馬事故が元で肩を悪くしてからは狩猟大会に出なくなり、代わりに娘の売り込みに勤（いそ）しむようになったそうなのだ。

（だからあんなふうに荒れてるのかしら。狩猟でおべっかを使うチャンスにもあずかれないんだものね）

怪我は気の毒だが、矛先を罪のない植物に向けるのはよくない。

「ストレスね」

「スト……何？」

「なんでもないわ」

しばらくその場にとどまって様子を窺っていたが、侯爵は花壇を荒らすのをやめない。いてもたってもいられないのはオーリスも同じようで、繋いだ手に力が込められる。

ヴァイオラはつかつかと歩いていき、侯爵の後ろで立ち止まった。

「そろそろおやめになったらいかがですか？　花がかわいそうですわ」

「なんだって？」

侯爵は乱れた髪を直しながら振り向いた。

「花がかわいそうだと申し上げたのです。何があったか知りませんが、花に当てつけるのは違うのではなくて？」

侯爵の顔がみるみるうちに真っ赤に染まった。まるで茹でダコ。えんじ色の上着の袖についた趣味の悪いスパンコールが吸盤のように見える。

「生意気な小娘め。自分の父親の立場を考えたことがあるのかね？　存在する意味のない小貴族の家など、私のひと言で今すぐに取り潰すことができるんだぞ？」

彼がステッキを持つ手を振り上げた時、ドレスの後ろからオーリスが顔を覗かせた。

「そんなこと言っていいの？　僕のひと言であなたの立場も変わるかもしれないのに」

彼を見た瞬間、侯爵の顔が一気に青ざめた。オーリスがいることに気づいていなかったようだ。

「これ以上やらないというならみんなには黙っててあげる。どう？」

素早く腰を折った侯爵が、例の慇懃な笑みをオーリスに向けて手をすり合わせた。

「も、もちろんですとも、オーリス殿下……！　さすがお若いのに話がよくわかる。では、わたくしはこれにて」

侯爵は背筋を伸ばすと、スッと笑顔を消して鬼の形相でヴァイオラを見た。くるりと踵を返して元来た方向へ歩いていく。

彼はくるくるとステッキを回しながら歩いていたが、たまたま当たってしまったふりをしてまた花壇の花を散らした。

（あンのタヌキ親父……！）

ヴァイオラは涼しい顔のままドレスの脇でこっそりと手を動かした。すると、花壇の中からワッとスズメバチが飛び出し、一斉に侯爵に襲い掛かった。

「うわぁぁああ、な、なんだこりゃ～～!!」

侯爵は慌てて走り、途中で無様に転んでまた立ち上がり、一目散に逃げていく。

彼の姿が見えなくなると、ヴァイオラとオーリスは笑い転げた。

「僕、何も見てないよ」

ようやく笑いが収まった時にオーリスが言うので、ヴァイオラは眉をひそめた。彼は頭の後ろで両手を組んでニヤニヤしている。

「ハチの巣は木の上にあるとは限らないものね」

「そうだね。あのハチは土の中に巣を作ることが多いんだ。次が木の根や切り株の空洞」

「そう……物知りなのね」

なんとなく腑に落ちないまま歩き出したものの、すぐに足を止めた。

オーリスはヴァイオラがしたことに気づいているに違いない。子供は口を滑らすものだが、賢いオーリスはどうだろうか。

「ねえ、魔法を見たことを秘密にできる？」

尋ねてみると、オーリスは海色の目をキラキラと輝かせた。彼はぴょこぴょこ跳ねたあと、湿った手でヴァイオラの手を握る。

「やっぱりアリーチェがやったんだね！　でも、どうして秘密にしなくちゃいけないの？」

「いろいろと面倒なことが起きるからよ」

「わかった。無詠唱で魔法を使える人なんてこの国にはいないから、誰の仕業かわかっちゃうもんね」

「ちょ――」

思わず周りを見てから、得意げな顔をしている彼に眉を上げてみせる。

「あなたが賢い子で助かったわ」

「まあ、それほどでもあるけどね」

自信と照れがないまぜになったようなオーリスの顔を、ヴァイオラは複雑な気持ちで覗き込んだ。


空に紫色の雲がたなびく頃、男たちの帰還を告げるファンファーレが鳴り響いた。

それは閉会式の開式の合図でもあり、狩りに出かけた者が無事帰ってきた祝福の音でもある。

内心ヤキモキしながら待っていたヴァイオラは、続々と城門を抜けてくる人馬の群れのなかにダンテの姿を探すのに必死だ。

「あっ、兄上だ！」

「本当？　どこにいらっしゃるの？」

目ざとく見つけたオーリスが指を差すほうに目を向け、眩いばかりの夕日に手をかざした。

すると、逆光を背に巨大な白馬に跨ったダンテが門をくぐるのが目に入る。

まるで後光を背負ったかに見える凛々しい姿に、思わず胸が震える。

（ああ、美しい……美しいわ！　あなた最高よ、ダンテ！）

アリーチェのためにジュリオを攻略しようと思うものの、目で追うのはやはりダンテだ。

美しいと思うのも、キュンとするのも、応援したいのもダンテ、ダンテ、ダンテ。永遠に推せる！。

彼は重たそうな緋色の旗を持っており、その後ろにチームのメンバーが続いた。

最後尾から獲物を山と積んだ荷台が門を潜った瞬間、周りからどよめきが起こる。

「鹿を持ってきてくれたみたいだね。僕の言ったとおりでしょ？」

「素晴らしいわ。さすがあなたの兄君ね」

閉会式では結果発表が行われ、ダンテ率いる王室チームが見事勝利を飾った。

この大会では連覇らしく、ほかのチームに賭けていた人たちは落胆している。

個人では獲物の大きさ、重さともにダンテが優勝した。閉会のあとも大勢の人に囲まれていて、とてもじゃないが近づけそうにない。

「行きましょう。お兄様にはまたあとで会えるわ」

オーリスの手を引いて人混みを離れようとした時、横を通り過ぎる人の声が聞こえた。

「今回も殿下に持っていかれたか。さすがの腕前としか言いようがない。しかし、最初に見つけた鹿のほうがやはり大きかったようだな」

「あれを捕まえていたら間違いなく新記録でしたな。殿下のご命令とあらば従わざるをえないとはいえ、残念です」

彼のチームの人たちだろうか。そのすぐ後に通りかかったジュリオを呼び止めた。

「お帰りなさいませ、閣下。先ほど別の方が話してらしたんですが、最初に見つけた鹿というのは？」

立ち止まったジュリオがオーリスに一礼する。

「殿下が逃がされたのです。腹に子を宿した鹿でしたもので」

「まあ」

「殿下はそういう方ですから。失礼します」

表情ひとつ変えずにジュリオは去っていった。

「相変わらず殿下は手ぬるいですな。私ならば、むしろ身重であれば捕らえやすくてありがたいと思うところだ」

突然背中に響いた声に振り返れば、スヴェンズ侯爵がすぐ後ろに立っている。

ヴァイオラは思わず身構えた。つい先ほどあんな態度を取ったというのに話しかけてくるとは、なんという図太さ。それともひとり言だろうか。

侯爵は鼻を鳴らして将軍髯を指でしごき、ちらりとこちらを見た。何か言え、ということだろうか。

（そういうことなら思ったことを言うわよ）

ヴァイオラはツンと顎を上げた。

「わたくしはそうは思いませんわ。とても立派なことだと思います」

雑踏にかき消されないようわざと大きな声で言ったため、周囲の人が足を止めた。侯爵が片方の眉を上げて周りをけん制する。

「君に男の遊びの何がわかるというのかね。ドレスでは馬にも乗れんだろう」

「そういう視点で申しているわけではありません。殿下は人としてご立派だと申し上げたかったのです。大きな獲物を見つけたら誰だって冷静な気持ちを失うところですわ。それなのに殿下は身重の鹿を思いやり、ご自分の欲や名声よりも生まれてくる命を優先されたのです。それこそ臣民を守るお立場の方として、素晴らしい資質だとはお思いになりませんか?」

侯爵は額の血管が切れそうなほど浮き上がらせて、ぎりぎりと歯噛みした。

「生意気もいい加減にしたまえ。まったく、貧乏伯爵の令嬢風情がわかったふうな口を利きおって」

捨て台詞とともに踵を返して去っていく後ろ姿を、ヴァイオラは余裕の笑みで見送った。

(貧乏、貧乏と。あなたは心が貧乏ね)

ようやく解放されたらしいダンテがやってきて、スヴェンズ侯爵の後ろ姿とヴァイオラを交互に見る。

「どうかしたのか?」

ヴァイオラは軽くお辞儀をした。

「いいえ。殿下、なんでもありませんわ。それよりも無事に戻られて安心いたしました。優勝おめでとうございます」

「ありがとう。約束通り一番大きな鹿をプレゼントするよ」

ダンテが後ろを向くと、棒に手足を縛りつけられた鹿を従僕が運んできた。

地面を血で汚さないよう首のあたりに布が巻かれている。

ヴァイオラは両手を合わせて顔を輝かせた。

「まあ、大きな鹿ですこと。殿下、ありがとうございます」

「これを今から解体して夕食に出してもらおう。今夜はふたりだけで食事がしたい」

「え……？」

美しい瞳で真っ直ぐに見つめられ、ヴァイオラの胸はどきっと音を立てた。

ふたりだけで食事をするということに何か意味があるのだろうか。もしかして、褥をともにする……？

答えを考えあぐねるヴァイオラの耳に、周囲のひそひそ話が届いた。

『どちらのご令嬢？』

『セルドン伯爵家のお嬢さんらしい』

『そうなの？　とてもきれいな方ね』

『殿下の思い人かしら。スヴェンズ侯爵令嬢を差し置いて？』

ヴァイオラは皆に聞こえるようわざとらしく咳払いをして、ダンテによそいきの笑顔を向けた。

「ではオーリス殿下も一緒にいかがでしょう。食事は大勢のほうが楽しいと思いますわ」

オーリスの手を握る手に力を込めると、彼はハッとしたように顔を上げた。

「僕も一緒に食べたい！　いいでしょう、兄上。狩りの話を聞かせてよ」

「いいよ、オーリス。じゃあ行こう。まずは身体の汚れを落とさないと」

ダンテがにこやかに応じたため、ヴァイオラは安堵した。

多勢に無勢のこの状況でおかしな噂の的になっては困る。何しろこの社交界では、いい噂も悪い噂もすぐに野山を駆け巡るのだから。

（それにスヴェンズ侯爵のあの様子じゃ、何をされるかわからないわ。用心しないとね……）


とっぷりと日が暮れる頃、ヴァイオラはダンテとオーリスとの三人で、彼の部屋で夕食を囲んでいた。

ヴァイオラは胸元が開いたドレスに着替え、髪を高い位置でまとめてチョーカーを重ね付けしてきた。個人的に誘われたものとはいえ、やはりきちんとした格好で出席しなければと張りきったのである。

肝心の鹿肉はというと、まったく臭みがなくて柔らかく、大変な美味だった。

「その時、鹿が突然前を横切ったんだ。たまたま周りには誰もいなくて、私ひとりで対処しなければならなかった。しかも急に私に出くわして驚いたのか、鹿が目を剥いて襲い掛かってきたんだ」

「それで、それで？　どうなったの？」

興奮状態のオーリスはナイフとフォークを両手に持ったまま、武勇伝を話すダンテのほうに身を乗り出している。

　ヴァイオラはごくりと唾をのんだ。

「お怪我はなかったんですか？」

「まあ聞きたまえ。私は手綱を引いて馬を後ろ脚で立たせたんだ。そうすると鹿はびっくりして左右どちらかに逃げるだろう？　そしてアリーチェに賭けた」

　ヴァイオラは目を丸くして胸に手を当てた。

「私に？」

「そうだ。君は気づかなかったようだが、今朝出発前に君を見た時、頭の右側に小さな蝶が留まっていたんだ。このあたりに」

　ダンテが自身の銀色の頭を指で押さえる。

「なぜか急にそのことを思い出して、鹿が右に回ると踏んでそちらに切り込んだ。もちろん一撃で急所を射貫いたから、鹿は苦しまなかったはずだ。君は勝利の女神に違いない」

　そう言って白い歯を覗かせる端正な顔に魅了され、ヴァイオラはポーッとした。

　推しに女神に例えられるなんて最高だ。ファンサが過ぎる。

　オーリスが羨望と尊敬のまなざしを兄に向けた。

「兄上はすごいなあ。僕も早く狩猟に出たいよ」

「お前はまず馬に乗れるようにならないとな。今はポニーしか乗れないだろう？　好き嫌いせずいっぱい食べて早く大きくなれよ」

「うん。そうする！」

オーリスは皿に残っていた肉も苦手なはずの野菜もきれいに食べた。

それからしばらくして教育係が迎えに来て、彼は眠たそうに目をこすりながら自分の部屋に帰っていった。

給仕が食事を下げていなくなると、途端に広い部屋が静けさに包まれた。

オーリスがいた時とは、ダンテの表情がまるで違って見えるのは気のせいだろうか。

ヴァイオラは話題を探そうとして室内をきょろきょろと見回した。

「とても広いお部屋ですわね。馬車が何台も入ってしまいそう」

「ここはキヴィ侯爵が王族を泊めるために専用に作った部屋らしい。金色の暖炉に、金色のクローゼットに金のベッド……」

ダンテは顔をしかめて唸（うな）った。

「趣味が悪いな」

ヴァイオラは噴き出した。

装飾に金を使えばいいというわけではないという意見には完全に同意する。

「今はふたりだけだから敬語はいらない。ダンテと呼んでくれ」

「わかったわ」

ダンテは自らワインを注ぎ、ヴァイオラの前にグラスを差し出した。

「君の美しさに」

「あなたの勝利に」

金の持ち手がついたグラスを掲げて乾杯する。

先にワインを口に含んだダンテの喉仏が、ごくりと上下した。

「うん……いいワインだな。君ものむといい」

言われた通りにひと口あおると、芳醇(ほうじゅん)な香りが鼻に抜ける。

「おいしいわ」

立ち上がったダンテがこちらに回ってきた。

ヴァイオラは彼に手を引かれて少し離れたところにある長椅子まで来たが、いきなり手を引かれて彼の胸に落ちた。

（ちょっ……何？）

長椅子のひじ掛けにもたれたダンテを、ヴァイオラが押し倒すかたちで圧し掛かっている。

密着する互いの胸。彼の下腹部の上にあるヴァイオラの臀部には、すでに硬くなりつつあるダンテの中心部が当たっている。

（待って、心の準備が……！）

どくん、どくんと耳の奥で鼓動がうるさい。

「あの晩は君が欲しくて堪らなかった。初めてなのに焦り過ぎたと反省してるよ」

「いいえ……私のほうこそ恥ずかしい姿をお見せしたわ」

大きく開いた無防備な背中を、逞しい腕が強く抱きしめる。

「君は私が誰かわかっていなかったんだな？」

「ええ」

「そして私も君のことをほとんど知らなかった」

武骨な手に腰のあたりを撫でられてヴァイオラの鼓動はますます逸った。

しばし無言で見つめ合ったのち、ダンテは唇の端をわずかに上げた。

「でも、あの晩君の歌声を聞いて一緒に踊ったら、君が欲しくて堪らなくなったんだ。君が誰であってもいいと思った」

顎を持ち上げられ、この世のものとは思えない美しい顔が目の前に迫る。

ちらちら揺れるろうそくの明かりに、彼の瞳は清流のごとく底まで透けて見える。あまりに強い光で直視しているのが苦しい。

ダンテの目がスッと細くなった。

「ねえアリーチェ。君はいつだって正しくて、曇りなくまっすぐな心を持っている人だ。それなのに君自身のことを覗こうとすると、いつも肝心なところで見えなくなってしまう。君は本当は誰なんだ？」

ヴァイオラはカッと目を見開いた。

（まさか彼は、私がアリーチェではないことに気づいたというの？）

訝るような目で見るダンテをしっかりと見つめる。

「わたくしはセルドン伯爵の娘よ。上の兄は大陸の西側を外遊中で、下の兄は家を出て結婚もしてるわ。先月会った時、兄は赤ちゃんを連れていたの。とってもかわいらしい女の子だった」

「失礼だが君の年齢は？」

「十七よ」

しかし声が震える。

「先日の舞踏会には誰と来ていた？」

「両親と来ていたわ。調べればわかってもらえると思うの」

糸のように細くなったアイスグレーの瞳がこちらを捉えて離れないため、ヴァイオラはドギマギした。

急にどうしたというのだろう。

使者が伯爵家を訪れた際に何かを知ったのか、あるいは身辺調査でもしたのか。

かなりの時間が過ぎた時、ダンテがフッと顔をほころばせた。

「わかった。君を信じよう」

「ありがとう」

ホッとしたヴァイオラも薄い笑みで返したが、心の中は嵐だ。慎重に彼の瞳を覗き込む。

「私は疑われているのね？」

「そうじゃない。君ほどの人がこれまでどこに隠れていたのかと不思議に思っているだけだ。もし君の素性を疑う人がいても、私だけは君の味方でいるから安心していい」

「あっ」

抱きすくめられて、ぐるんと身体が回転して長椅子に押し倒される。

ふたりの体勢が逆転し、ヴァイオラは大きな身体にすっぽりと覆いかぶさられた。

「今夜はありのままの君を抱きたい。いいね？」

「は……んっ」

答える間もなく首筋にキスが落ちてきて、ヴァイオラは顎を反らした。

やはり彼ははじめからこうするつもりだったのだ。この前は不可抗力であんなことになったけれど、推しに抱かれるなんて恐れ多いにもほどがある。

「い、いけないわ、ダンテ。結婚もしてない男女がこんなことをしちゃ――くっ」

圧し掛かるダンテの胸を必死に押すが、一向に起き上がることができない。

ダンテがヴァイオラの肩を押さえてニヤリとした。

「無駄な抵抗はやめたほうがいい。私は四人乗りのキャリッジのキャビンを持ち上げることができるんだよ」

「キャリッジのキャビンを？　嘘でしょう⁉」

押しつぶされた身体を引き抜こうと腰を捻ると、鋭い目で睨まれた。

「無駄だと言ってるのに。この国の男性は魔力がないぶん、身体だけはバカみたいに鍛えている。君もアウデラードの生まれなら知ってるだろう？」

「も、もちろん知ってるわ」

「だろうな。さあ、観念なさい」

魅力的な冷笑を浮かべて、ダンテが迫ってくる。

がしりと掴まれたヴァイオラの顎は横へ向けられ、うなじをあたたかな舌が這う。

「ひ……ゃぁあっ」

腰をゾクゾクと震えが這い、思わず仰け反った。

すると、ドレスの下腹部に何やら硬いものが当たるではないか。強く押し付けられたそれは、生きているみたいにぴくぴくと揺れている。

（もうこんなに大きくなってるの⁉）

ダンテの舌がうなじから鎖骨へと向かい、大きく開いた襟元から乳房が引き出された。

「はぁあんっ！」

鷲掴み（わしづか）にされた乳房の中心を吸われたらおかしな声が出てしまった。

そこから下腹部へと伝わった快感が、あの晩ヴァイオラを蹂躙した彼自身の感覚を思い起こさせたのだ。

（こっ、こんなふしだらな声、気高き悪役令嬢は出さないものよ！）

急いで手で口を押さえたが、すぐに捕まった。

ダンテがバストを揉みしだきながら、ヴァイオラの手のひらや指をぴちゃぴちゃと舐め始める。くすぐったくて堪らない。

「や、あっ、んっ！　……なんで、そんなところ」

「君のすべてを味わいたいからだよ。かわいい手だな。小さくて、やたらと指が細くて滑らかだ。女性はみんなこんな手をしているのか？」

「は、はい？　んっ……失礼だけど、閨指導は？」

「義務だからもちろん受けたよ。でも、実際に身体を重ねたのは君だけだ。私は王太子なのに、どうして好きでもない女性を抱かなければならないんだ？」

彼はヴァイオラの手を舐めるのをやめ、代わりに一本一本指を絡ませて長椅子に縫い付けた。

「私の意思とは関係なく、政略結婚の相手を次々と探して来られるのが心苦しくて堪らなかった。選ばれなかった女性に失礼だと思わないか？」

「そ、そうね」

「あの晩は、どこかに運命の女性がいるはずだと思って、素顔を隠して舞踏会に参加していたんだ。そこで見つけたのが君だったんだよ」

そう言ってはにかむダンテの口元に白い歯が零れ、きゅうぅぅうううん、とヴァイオラの胸が締め付けられた。

（運命の女性？　私が⁉　この笑顔、絶対に保存しておきたい……！）

ええい、スクショ！　スクショ！　と思うものの、あいにくこの世界にスマホはない。せめてこの目に焼き付けておかなければ、と彼を穴が開くほど見つめるが、それも長くは続かなかった。ダンテが身体のあちこちにキスをし始めたからだ。

ちゅ……ちゅっ、と胸の谷間や首筋に優しい口づけが落ちると、またじっとしていられなくなった。繋いでいないほうの手が乳房をふやふやと揉み、親指が何度も頂を弾く。

「んッ……ふ……っ、んん～ッ」

腰がゾクゾクと震え、脚のあいだが痛いほど疼いた。堪らず腿をこすり合わせるともうしっとりと濡れている感覚がある。

ドレスのスカートがまくり上げられ、脱がされた華奢（きゃしゃ）な靴がぽとりと絨毯（じゅうたん）の上に落ちた。豆だらけの手にストッキングが脱がされ、白い脛に彼の唇が触れる。

「君はどこもかしこも滑らかだ。ほら、こんなにも」

ダンテはヴァイオラの足の先に頬ずりして、脛の上に唇を滑らせ、脛と膝の内側を何度も軽く吸い立てた。

「あ……は、んっ」

（このままキスがもっと上のほうへと上がってくればいいのに）

そう期待するあまり、秘密の場所がキュンと疼く。脚がわななく。

キスが激しくなるにつれ、吸われる力も強くなってきた。そんなところを強く吸ったら痕になってしまうではないか。

「ダメよ、ダンテ……痕が残ってしまうわ」

身を起こして窘めると、こちらを見た彼は切なそうに眉を下げた。

「所有の印をつけることくらい許してくれないか？　本当は君をめちゃくちゃにしてしまいたいのに」

（んも〜〜〜〜〜！）

ヴァイオラは思わず両手で顔を覆い後ろに倒れた。供給過多により萌えが渋滞している。

本当はゴロゴロと床を転げ回りたいくらいだ。

ダンテのキスが太腿まで上がってきて、際どい場所に触れた。

しかし、あとちょっとというところで無情にも唇は離れてしまう。

ドレスが完全にまくり上げられ、下腹部が露わになった。

片方の太腿の裏側が押されているせいで、濡れた花園がスースーする。

もし夜でなかったら恥ずかしくて足を閉じてしまうところだ。

ている。

ダンテはブリーチの前立てを寛げながら、ヴァイオラの下草の中をじっくりと見つめた。

ブリーチから飛び出した彼自身は天を衝くほどにいきり立ち、銀色の下草の中で元気に揺れている。

ダンテの指が秘裂に軽く触れただけで、ヴァイオラの身体はびくんと跳ねた。

「すごくよく濡れて光ってるよ。君のここはバラの花びらみたいにきれいな色だな」

「はぁっ……ん、んう……!」

きゅんきゅんと疼く蜜口を、男らしい指が何度も撫でる。

「ほら、ひくひくと動いて誘っているようだ。なんてかわいらしい」

「やっ……あ、はあん……っ」

「少し指でこすっただけで中からどんどん蜜が溢れてくる。なんていやらしいんだ……本当に」

夢でも見ているような声でダンテは囁いた。

乱れた息遣いと指の動きから、彼がとても興奮しているのが伝わってくる。

興奮はヴァイオラにまで伝染して、今すぐに彼が欲しくて堪らなくなった。

ダンテが身じろぎして、あたたかなものが蜜口に押し当てられた。

ぬるぬるした感触があまりに心地いい。

脚のあいだに目を向ければ、頬を上気させた彼が握った昂りをこすりつけている。

「ほら、見てごらん。音もすごい。私がもう……入ってしまいそうだ」

「あっ、あ、あ……はっ……あんっ！」

ブリーチから突き出た真っ赤に怒張した先端を目にした瞬間、欲望が激しく膨れ上がった。

くちくちと素早く撫でられるたびに飛び散った愛液が腿の内側を濡らす。

彼は夢中で昂りをこすりつけている場所とヴァイオラの顔を交互に睨みつけ、荒い吐息を零した。

その顔は恍惚（こうこつ）としているようにも、欲望を必死に抑えつけているようにも見えた。元が端正なつくりだけに色気ばかりがいや増している。

「う……ううっ、ダンテ……お願い……」

ヴァイオラは胸を焦がすような衝動に腰を揺らめかせた。

「何をねだってるんだ？」

「あなたが欲しいの」

ダンテの美しい目元が蠱惑（こわくてき）的に弧を描く。

「まだだ。もっと君を味わってからでないと」

ダンテがスカートの中に顔を突っ込んだかと思うと、潤んだ谷間を何かがちろりとくすぐった。

「ひゃあんっ」

鋭い快感が走り、ヴァイオラはびくんと腰を跳ね上げさせた。

その後も後ろから前へと何度もなぞられ、身体じゅうが絶え間なく跳ねる。

彼は舌で秘裂を舐めているのだ。

「や、はっ……あ、あんっ！　あ、あ……っ！」

気持ちがよすぎてとてもじっとしてなんかいられない。この前の晩は薬のせいでひどく感じるのかと思っていたけれど、関係なかったのではないか。

「ドレスが邪魔だ」

ダンテが顔を上げた直後、ドレスが裾からびりびりと引き裂かれた。

下着も臍のあたりまで裂け、何もかもが露わになっている。

ダンテはざらりとした手で下腹を愛おしそうに撫でたものの、すぐにまた下草の中に顔を伏せる。

ドレスがなくなったうえ、太腿を強く押し開かされているせいで、彼の舌が秘裂を愛撫する様子が丸見えになった。

さらに蜜口に指がねじ込まれたため、もういてもたってもいられない。

「あっ、ああっ、ダンテ、あ……っ、私……私……っ」

すっかり敏感になった花芽をちゅぱちゅぱと吸われつつ、下腹の前側が指で撫でられる。

快感がどうしようもないほどに高まり、強い波に備えてシーツを握りしめる。

その時、突然舌が離れて、胎内に残された指の動きもほとんど止まった。

ヴァイオラは閉じていた目を開け、唇を噛んだ。

なぜ？　どうしてなの？　今にも達しそうだと彼にもわかっているはずなのに。

「素晴らしい。指がきつく締めつけられている」

「い……意地悪だわ」

「どうして？」

「だって」

ヴァイオラは手の甲で顔を隠した。

「ダメだよ。達する時は私自身でなければ」

ひくひくとうごめく蜜口から指が引き抜かれた。そして、今にもはち切れそうなほど漲ったものが突き立てられる。

「ンあっ！　ふぁ、あ、ひっ」

ダンテが入ってきた瞬間、ヴァイオラは声にならない喘ぎを零した。

指とは比べ物にならない強い圧迫感と快感に、身がちぎれるような感覚に陥る。

雄々しく漲った肉杭の形が、まるで手に取るようにわかった。

硬く滑らかな先端の膨らみも、皺のよったくびれも、蔦のように幹に絡みつく血管までも。

それが胎内のいたるところを強くこすり、ヴァイオラを絶頂へと導いていく。

堪らずダンテの腕にすがってかぶりを振った。

「あ……あっ……ダンテ……ダンテ……っ」

「気持ちがいいのか？　よかったらそう言ってくれ」

「あ……はっ、とても……気持ちがいいの……中が……強くこすれて……ああっ――」

たった数回彼が行き来しただけで、ヴァイオラは絶頂の波にのみ込まれた。

指では到底感じられなかっただろうすさまじい快感に打ちのめされて、頭は真っ白、手足はぶるぶると震え、全身が戦慄に襲われる。

とろけきった熱い洞が昂りを容赦なく締めつけている。

その後に訪れた陶酔のあまりの心地よさに、自分がどこにいるのか一瞬わからなくなった。

「ああ……こんなに素晴らしい眺めがあるだろうか」

ヴァイオラの痙攣（けいれん）が収まるのを辛抱強く待っていたダンテが、氷河の色をした目をうっとりと細めてこちらを見下ろしている。

彼はヴァイオラの乳房を大きな手で覆い、ふくらみを優しく撫でた。

「今日は正真正銘君を抱いているんだな。あの晩私がこんなふうに誘ったら、君は首を縦に振ってくれたのか？」

「ん……わからないわ……」

うっとりとして笑みを零すと、唇にキスが落とされる。

「そうだな。今のは愚問だった。忘れてくれ」

唇同士をくっつけた状態でダンテが囁き、そしてヴァイオラの唇を甘く食んだ。

彼は角度を変えつつ、ちゅ……ちゅ……と音を立ててキスを繰り返しながら、ゆっくりと腰を揺らめかす。

ダンテの腰に当てたヴァイオラの手に、波のようにうねる動きが伝わってきた。

彼が腰をクッと前に出すと、昂ぶりが奥の壁をつつく。

小刻みに揺らせば、腹の裏側のよく感じる場所が執拗にこすられる。

とても真似などできそうにない器用な動きに、ヴァイオラはまたすぐに昂ってきた。

ダンテは濃厚な口づけをしながら、乳房の頂を指で摘まんだ。

キスをしているため見えないが、おそらく人差し指と中指で挟んで指を交互に動かしている。

じんじんと甘く痺れる動きに合わせて、彼の分身をいだく場所がきゅんとする。

唇が離れた時にはふたりとも息が上がっていた。すっかり上気したダンテの頬を両手で包む。

「素敵よ……ダンテ」

「君もだ。アリーチェ」

自分のものではない名前を呼ばれた瞬間、一瞬時が止まったように感じた。

胸を焦がすほどの熱に包まれていた身体を冷たい風が吹き抜けていく。

私はアリーチェじゃない。ああ、でも。

（そう……私はヴァイオラじゃないのよ。人と話すのも目立つのも苦手な、引っ込み思案のアリーチェなんだわ）


急に泣きたくなった気持ちに蓋をして、ダンテの背中を強く抱きしめる。

その気持ちに気づく由もないダンテは、甘い言葉を囁きながら律動を続けた。

彼の息遣いはますます荒く、時々我慢しているみたいに端正な顔を歪めて動きを止めた。

「すまない。君の中があまりにも素晴らしくて」

情けないというふうに首を横に振る彼の頬を、ヴァイオラは両手で包む。

「私はじゅうぶんに満足したわ」

「自分が納得いかないんだよ。これではまだ足りない。君をぐずぐずにとろけさせて、甘やかして、私から離れられなくしたい」

「ダンテ……」

いつもは怜悧なアイスグレーの瞳に情熱の炎が宿っている。

ヴァイオラは何も言えなくなった。

ダンテはいったん昂りを引き抜き、ヴァイオラを立たせて長椅子の背もたれを掴ませた。

後ろに立った彼がヴァイオラの腰を掴み、ひと息に貫いてくる。

「ああっ……！」

完全にぬかるんだ蜜洞を、張り詰めた剛直が一気に駆け抜けた。

強直は入り口まで引き返して、またすぐに滑り込んでくる。

さらにもう一度。もう一度。

「あっ、は……ッ、あ、ダンテ……っ」

長いストロークが繰り返されて、身体全体がびくびくと震えた。

脚に力が入らず、腰を立てていられない。

腰がぶつかる音が鳴るほど激しく突かれて、絨毯の模様が波を打っているように見えた。

胎内を穿つ昂ぶりはますます硬く、逞しく、立っている体勢のせいかいっそう大きく感じる。

「あ、はっ、あ……っ、そこ、すごい……！」

ダンテから見えないのをいいことに、ヴァイオラは顔をくしゃりと歪めて闇に嬌声を放った。

激しい押し引きに頭がくらくらする。目の前に火花が散る。後ろでダンテがふーふーと荒い息をつく。

背中にモスリンの柔らかな生地が張り付き、彼が覆いかぶさってきたのだとわかった。

次の瞬間、痛いほど揺れる左の乳房を大きな手が包んだ。

さらに彼の右手が太腿の前を回り、下草の中にもぐり込む。

「ひあ……っ、ああんっ！」

指先が硬くなった秘核に触れた瞬間、稲妻に打たれたかのような衝撃が走った。

あまりに獰猛な快感に、脚から力が抜けて崩れ落ちそうになる。

その身体を、左の胸を掴んでいたダンテの手が右にずれて、腕一本で支えた。

そうしながらも、右手の指で優しく秘核をいたぶり、剛直で洞を素早く穿つ。

ヴァイオラは今にも気を失ってしまいそうだった。

立ったまま三か所を同時に苛まれたら、どうにかなってしまうのではないか。

「ダンテ……んっ！　……もうダメ……お願い、お願いよぉ……」

長椅子の背もたれを掴む手も、脚もわななかせて涙声で懇願する。

もう品位を保つことも気丈に振舞うこともできない。

「達するといい。私ももう……限界だ。君の中はきつくてあたたかくて……本当に――」

絞り出すように洩らしたダンテの声に、ヴァイオラは胸の奥に悦びが湧き起こるのを感じた。

彼をこんなにも夢中にさせている。私のこの身体で。

先ほどまでよりもさらに大きくなった彼自身が、ヴァイオラの中を素早く駆け抜けた。

あらゆるところが抉られ、いたぶられ、苛まれ、怒涛のごとく押し寄せる快感が止まらない。

自分の意識が時々飛んでいるのがわかる。

「いくよ、アリーチェ……アリーチェ……ッ」

狂おしげに言って、ダンテが思い切り奥を突き上げた。

身体の奥から凄まじい絶頂感がせり上がり、ヴァイオラは背中を反らせた。

「あ、あっ、ダンテ……っ、あっ、ああっ……‼」

その瞬間、すべての感覚と思考が一瞬飛んだように思えた。

結びついた場所で弾けたものが身体じゅうを駆け巡り、外にまで飛び散っていくようだ。

ヴァイオラの脳裏には天国の情景が見えていた。

言葉では言い尽くせないほどの快感が収まると、ふわふわとした心地よさが指先まで広がった。

まるで雲の上にでもいて、このままどこまでも漂っていけそうな……ダンテも同じ気持ちだろうか。そうだといいけれど。

ヴァイオラが深いため息を洩らすと、直後にもっと重たいため息が背中を撫でた。

ふふ、とヴァイオラは笑みを零して、腹部に回された手を握った。胎内の一番奥でダンテの分身がとくとくとうごめいている。堪え続けたものを解き放っているのだろうか。

彼がするりと出ていき、長椅子の青いビロードの座面に命の種が零れた。

「メイドが困るだろうな」

そう言ってダンテは、ヴァイオラの破れたドレスの切れ端で白濁を拭った。

彼に抱きかかえられてベッドまで運ばれたヴァイオラは、ただの布切れと化したスカートで必死に脚を隠した。

彼は上半身を脱がなかったし、ブリーチの前立ても戻してすっかり元通りの姿をしている。

自分だけがあられもない恰好（かっこう）をしているのは不公平じゃないだろうか。

隣にやってきたダンテが、ヴァイオラの身体にシーツをかけて腕枕を差し出した。

「ここに頭をのせて。もっと近くに。……うん。ちょっと聞いてくれ。私は今夜、長椅子がなんのためにあんな形をしているのかやっとわかったよ」

おどけた調子で言うダンテがおかしくて、ヴァイオラは彼の胸の上で噴き出した。

「となると、このベッドはなんのためにここに置かれているんだと思う？」

「あなたが寝るためではなくて？」

「そうだな。しかしひとりで寝るには大きすぎる」

蠱惑的に輝くアイスグレーの目を、ヴァイオラは覗き込んだ。

「何がおっしゃりたいの？」

「率直に言うと、君を朝まで返したくない」

「ごめんなさい。人を呼んでくださる？　そして私の侍女に何か着るものを持ってきてもらいたいの」

ダンテが深く息を吸い込んだため、ヴァイオラの頭がもち上げられた。

「まるで火にくべた石を川に投げ入れたみたいだ」

「どういうこと？」

「さっきまであんなに情熱的な時をともにしていたのに、どうしてそんなふうになれるんだ？」

ポッと熱くなった頬を隠すように、ヴァイオラは彼の胸に頬をうずめた。

このままここで朝を迎えれば、ダンテは貧乏令嬢にご執心だと醜聞に悩まされることになるだろう。推しに迷惑をかければ悪役令嬢のプライドどころか『ダンテガチ勢』の名が廃る。

「冷たくされたと感じたなら謝ります。でも、きっと彼女は心配して起きてると思うの。そんなのかわいそうだわ。あなただって、汚した長椅子を掃除するメイドの心配をしたじゃない」

ダンテは唸って額に手を当てた。

「どうしても行くのか？」

「どうしてもよ。でなければ、この格好のまま部屋に戻るわ」

「クソッ」

周りが聞いたらびっくりするような王子らしくない悪態をついて、彼は部屋を出ていった。

第三章　大変なことになりましたわ……！

それから一週間が過ぎた朝、ヴァイオラは侯爵邸の敷地内にある礼拝堂で朝の祈りを捧げていた。

追放先にアウデラードを選んだのは、ポンポルトと同じ宗教が信仰されているからということもあったし、街のいたるところに礼拝堂や教会があったからでもある。

使者が持ってきたトランクの中に礼拝用のドレスが入っていてよかった。

（主よ、伯爵家の皆さんとポンポルトの両親をどうかお守りください。そして今日一日が平和でありますように）

祈りを終えて祈祷台から立ち上がると、カテリナが父親を伴ってやってきた。

礼拝堂に似つかわしくない胸元の開いた黄色のドレスを着た彼女は、ヴァイオラのもとまで来て足を止めた。

「あら、誰かと思えば。何を祈っててらしたのかしら」

「家族の健康と、この国の人たちが今日一日平和に過ごせるように、と祈りましたわ」

「まあ、殊勝なことね」

カテリナはそう言ってから、両方の耳の下から垂らした巻き髪を揺らして鼻先を上へ向けた。

「でも、ちょっとしらじらしいんじゃない？　私は私のためだけに祈るわよ。今日一日が私のためにありますように。私が外を歩いている時に雨が降りませんように。ダンテ様と少しでも親密になれますように、ってね」

「そうですか。では失礼いたします」

かかわるだけ無駄だ、とヴァイオラは腰を折って通路を歩き出した。

すると、ダンテがジュリオと従僕数人を従えて礼拝堂に入ってくるのが目に入り、恭しく腰を落とした。

「ダンテ様‼」

小走りに向かったカテリナが彼に抱きつこうとしたが、すかさずジュリオが立ちはだかった。

「ちょっと、何をするの？　わざとじゃないでしょうね？」

腰に手を当て牙を剥くカテリナに対し、ジュリオが厳しく唇を引き結ぶのが目に入る。

カテリナはダンテのほうを向くと、コロッと態度を変えてしなを作った。

「ねぇえ、ダンテ様ぁ？　今日は何も用事が入ってらっしゃらないんでしょう？　このあとピクニックに出かけませんこと？　このあたりを案内していただきたいわ」

「ピクニックか。悪くないいな」

ダンテがにこやかに応じたことに、ヴァイオラの胸にチクリと痛みが走った。

「まあ、嬉しいですわ！　父も一緒に行っていいかしら？　この辺りには一番詳しいと思いますのよ」

娘に目配せされて、ふんふんと侯爵が胸を張る。

「わたくしはキヴィ侯爵と長年の付き合いですからな。狩猟大会には毎年顔を出しておりますので、トバル山やトバル湖、その他どこでもご案内できます」

「わかった。よろしく頼むよ。では、オーリスも連れていくことにしよう」

「ええ、もちろん構いませんわ！　人数は多いほうが楽しいですもの」

カテリナと父親は大げさな笑みを浮かべた。

（ここに長居は無用ね）

ヴァイオラはダンテに向けて軽く頭を下げた。

「それでは、わたくしは失礼いたします」

ところが、踵を返す瞬間にがしりと腕が掴まれる。

「そういうことでアリーチェ。準備をよろしく頼むよ」

「えっ？　こ、この人も連れていくのですか？」

それまで満面の笑みを浮かべていたカテリナが、こわばった顔でヴァイオラを指差した。

「彼女にはオーリスの遊び相手になってもらっているんだ。ならば同行するのが当たり前だろう。——アリーチェ、構わないな?」

「もちろんですわ。ぜひお供させていただきます」

王太子直々の願いとあれば断ることなどできない。

それに、オーリスの遊び相手をする代わりに、セルドン伯爵家に援助してもらっているのだ。

「ありがとう。動きやすい服装で来てもらえると助かるよ」

ダンテの眉がパッと開き、普段は冷たい顔に屈託ない笑みが広がる。

（ひいぃ……かわいい……！）

顔が歪むのを堪えようとしたら、不器用な笑みになった。

ヴァイオラはよろめきながら礼拝堂の階段を下りて胸を押さえた。

「ああ……供給過多で胸が苦しいわ」

あの顔だけで一週間は機嫌よく暮らせそうだ。

ゲームでは見る者を凍えさせるような表情ばかりだったダンテの、あんなに嬉しそうな顔を見られるだけで転生した甲斐があった。

日もだいぶ高くなり、一行はトバル湖へ向けて出発した。

先導の馬数頭に続き、馬車を何台も連ねての大所帯だ。

城を出発してから三十分ほどのところにある林を抜けると、突然視界が開けた。

トバル湖だ。どこまでも続く群青色をした湖面はきらきらと輝き、ところどころ色が違って見える。

「着いた！　これがトバル湖なの？　おっきい～!!」

馬車から身を乗り出して子供らしい感情を見せるオーリスに、ヴァイオラは相好を崩した。

「本当に素晴らしいところだわ。空気までおいしく感じられるもの」

手つかずの美しく雄大な景色に心洗われる。ダンテが彼に湖を見せてやりたいと言っていた気持ちがよくわかった。

到着してすぐにヴァイオラはオーリスと釣りを始めたが、魚はなかなか掛かってくれない。

スヴェンズ侯爵によると、釣り客の多いここの魚はスレているのだとか。

オーリスが伸びをしてヴァイオラの耳に顔を近づけた。

「アリーチェ。魔法でなんとかしてよ」

「しっ。そういうことを言ってはダメよ。それに面白くなくなるわ」

ぷう、とオーリスが口を尖らせる。その直後、ヴァイオラの竿がズシリと重くなった。

「掛かったわ！　オーリス、手伝って！」

ふたり掛かりで釣竿を持ち上げるが、獲物は大きいようで、非力な女性と子供では逆に引っ張られてしまう。

近くでジュリオと話していたダンテが加勢に飛んできた。

「竿を立てて！　そうだ、うまいぞ！」

竿を持つヴァイオラの手にダンテの手が触れた。彼が隣にいるというだけでドキドキするのに、急に竿が軽くなったことに改めて男らしさを感じてしまう。

三人がかりでようやく釣り上げた魚は、ヴァイオラの腕くらいあるマスだった。

きらきらと光る魚体に、オーリスが目を輝かせて飛び跳ねている。

「すごいよ、アリーチェ！　魔法みたいだ！」

「本当だな。どんな魔法を使ったんだ？」

ヴァイオラは眉を上げて咳払いをした。

「あまりに釣れなくて神様が手助けしてくれたのでしょう」

ピクニックには料理人が同行していたため、早速釣ったマスを食べることができた。

釣れたのは一匹だけだったが、料理人がスープやガレット、詰め物をしたウズラのロースト、ウサギのグラタンなどを用意していたためじゅうぶんだ。

クロスを敷いたテーブルに数人ずつ向かい合わせで座った。

端に座ったヴァイオラの隣にオーリスと教育係がいて、反対側の正面にはジュリオ、その隣にスヴェンズ侯爵、カテリナと並ぶ。

ダンテはカテリナから近いテーブルの短辺に座っていて、ヴァイオラからは一番遠い。

ヴァイオラは食事をしながら、スヴェンズ親子と談笑するダンテをちらちらと見ていた。

輝くような銀色の髪と色素の薄い瞳が、濃紺のジャケット姿を際立たせている。

やはり素敵だ。彼ほど乗馬服が似合う人はいないだろう。

立ち上がったオーリスが教育係を連れてきたため、ヴァイオラは食事を口に運ぶのをやめた。

「どうしたの？　お行儀が悪いわ」

「僕は第二王子だから兄上の隣に座らないと。アリーチェはここね」

手を引かれて、先ほどまでオーリスが座っていた真ん中の席に座らされる。何を企んでいるのだろうか。

カテリナの止まらないおしゃべりに付き合わされていたダンテは、オーリスが隣に来て嬉しそうだ。

「お前の言う通りだな。どうしてはじめからここにいなかったんだ？」

「別に。間違えただけ」

そっけなく言ったオーリスが、ヴァイオラに耳打ちしてくる。

「僕がここに座れば兄上とお話できるでしょう？」

ヴァイオラは目を丸くした。

「だからといって食事中に立ち歩くのはお行儀が悪いわ」

「はぁい」

オーリスの思惑通り、その後は彼を中心にしてヴァイオラも話に加えられ会話に花が咲いた。

オーリスは本当に賢い子だ。どうやらヴァイオラと兄をくっつけたくて堪らないみたいだが、現実を知ったら悲しむだろう。残酷なことだ。

食事はデザートまで済み、しばらくするとダンテがどこかへ消えた。

ヴァイオラは、おしゃべりしていたせいで食事が終わらないオーリスに付き合って残っており、テーブルにはゆっくりとコーヒーを飲むジュリオと三人だけになった。

近くの木陰で話すカテリナと侍女たちの声が聞こえてくる。

「ダンテ様ったら、どうしてあんなにつれないのかしら？　本当は私のことが好きなくせに、素直じゃないんだから」

「カテリナ様、このそばに恋を成就させると言われる岩棚があるという噂があるのをご存じですか？　そこに咲いている花を好きな人に渡すと必ず結ばれるんですって」

「まあ、そんな噂が⁉　もっと詳しい話を聞きたいわ。キヴィ侯爵の城のメイドなら知ってるかしら？」

キャッキャウフフとずいぶん楽しそうだ。

ヴァイオラが視線を戻すと、斜め向かいにいるジュリオと目が合った。

「ずいぶんロマンチックな噂があるんですね」

彼はカテリナたちを一瞥(いちべつ)して、眼鏡のブリッジを中指で押し上げた。

「あの手の女性の話は私にはよくわかりません。くだらない噂とやらを聞いた若者が怪我などしないといいのですが」

「そうですわね」


オーリスが教育係と散歩に行ったため、ヴァイオラもひとりで湖の周りを歩くことにした。

王都の中心で暮らしていたヴァイオラには山歩きの経験がない。

たまに田舎の領地に行った時でも従者をぞろぞろと引き連れていた。

ヴァイオラを蝶よ花よと、こわれもののごとく大切に育ててきた両親が、ひとりになることを許してくれなかったのだ。

（それに比べたら気楽でいいわね）

優しかった両親と離れ離れになったのは淋しいけれど、もうじゅうぶん愛してもらった。

これからはひとりで生きていくのだ。健やかなる時も、病める時も、死ぬときだって……

太陽はほぼ真上にあり、雄大なトバル湖の水面は眩いばかりの光がさんざめいていた。

樹々のあいだを吹き抜ける風は爽やかで心地よく、樹木が発するスパイシーな香気は心を癒してくれる。

樹々のざわめき、小鳥のさえずり、キツツキが木を叩く音。

そんなものに囲まれていると、なんとも言えないゆったりした気持ちになる。

「ここにいたのか」

どこかから声がかかり、ヴァイオラはきょろきょろした。

声の主はわかっている。木陰から姿を現したダンテにヴァイオラはにこっと笑いかけた。

「殿下も散歩ですか？」

「まあね。ちょっとおしゃべりに疲れてしまった」

ふふ、とヴァイオラは笑った。

「女性はおしゃべりと甘いお菓子が何よりも好きなんです」

「そうみたいだな」

唇の両端に親しげな笑みを浮かべて、ダンテがヴァイオラの横に並ぶ。

彼は万華鏡のごとくちらちらと形を変える湖面の光に目をすがめた。

「素晴らしい景色だな」

「本当に。こんなに美しいところを初めて見ました」

ダンテが穏やかな顔でヴァイオラを覗き込む。

「君はいろいろなところを知っていそうだな。ほかにどこへ行ったことがある？」

「わたくしは――」

そう言ったきりヴァイオラは口を開けなくなった。

アウデラードの名勝はいくつか知っているけれど、言えば具体的にどこがどうと話さなければならないだろう。絶対にボロが出てしまう。

もう半月ほども一緒にいるのに、彼とはそういった話をしたことがなかった。ヴァイオラ自身が個人的な話を避けていたというのもある。

「遠出をしたことがありませんでしたので、どこも実際に見たことはないのです。ですから、今日はとても楽しいですわ。お誘いいただきありがとうございます」

明るい笑顔で返したところ、少し間を置きながらもダンテは口元をほころばせた。

「私も君が来てくれて嬉しいよ。断られていたら、オーリスもあんなに楽しそうではなかっただろう」

「そうでしたらわたくしも光栄です」

すぐ近くにあるベンチに腰を掛けて、しばしその景色を堪能した。

時折風が樹々の葉を揺らす音以外には、小鳥のさえずりしか聞こえない。

ダンテとは、こうして無言でいても居心地の悪さを感じることもなく、ゆったりと過ごせるから不思議だ。

ダンテが隣で伸びをする。

「こんなに気持ちがいいのは久しぶりだな。慌ただしい日々を忘れさせてくれる」

「ええ……本当に。いつかはこんなところで、ひとりひっそりと死にたいものです」

それは自然と口をついて出た言葉だったが、隣で息をのむ音が聞こえて振り向いた。

日陰にいるせいで紫がかった悲しげな瞳が、こちらを捉えている。

「アリーチェ。そんな目をして言うものじゃない」

ダンテの手がヴァイオラの膝に置いた手に重なる。

「そんな、って……どんなでしょうか？」

「とても淋しそうな目だ。君がまるで、たったひとりで生きているかのような」

思いがけない言葉にドキッとしたが、すぐに明るい笑みを作り彼の手から逃れた。

「そう思わせてしまったのなら申し訳ありません。わたくしはそんなに感傷的な人間ではありませんわ」

「そうかな。時々私には君が孤独を抱えているように見える」

同情するような視線に苛まれて、ヴァイオラは目を逸らした。

それきりふたりとも何も言わなくなって、沈黙に堪えかねたヴァイオラはすっくと立ちあがった。

「少し歩きませんこと？」

ヴァイオラは先立って歩き出したが、ダンテがすぐに追い越して手を差し出した。

ややガタのきている木道にはところどころ段差があり、時々彼の手を頼りに歩く。

一度手をつなぐと、彼はなかなか放そうとしない。

「ふたりだけだったら馬を駆って山の上から湖を眺めるんだがな。太陽の角度によっては七色に見えるらしい」

「七色に……きっときれいでしょうね」

「あっ、今魚が跳ねたな」

立ち止まったダンテが湖畔に向けて手庇(てびさし)をする。

「どこですか⁉」

「ほら、あそこに」

彼が指し示す方向を見れば、波紋が起きている湖面のすぐ横でまた魚が跳ねる。

「わあ、大きい！」

パッと顔を輝かせて隣を振り向くと、熱のこもった目がヴァイオラをじっと見つめていた。

胸を焦がすような視線に、鼓動が否応(いやおう)なしに速まる。急いで顔を背けて歩き出そうとした時、腕を強く引かれた。

「頼む。逃げないでくれ」

切なそうに眉を寄せたダンテの表情に、ヴァイオラの胸はキュッと鳴いた。

「君が好きだ」

彼の真剣な表情に、ヴァイオラは眉を震わせた。

恭しく掲げられたヴァイオラの両手に、そっと口づけが落とされる。

「君を私ひとりだけのものにしたい。鍵のかかった部屋に閉じ込めて、誰の目にも触れないようにしたい」

「ダンテ……」

彼はゆっくりと顔を上げた。

「君を絶対にひとりにしないと約束するし、淋しい思いはさせないと誓う」

そう言った彼の瞳には、強い意志と情熱の炎が揺らめいている。

首を縦に振ってしまいたい。

彼の胸に飛び込んで泣きじゃくってしまいたい。

……ああ、でも。

ヴァイオラは唇を震わせてダンテに背を向けた。

けれど、すぐに手を引かれて広い胸に抱きすくめられてしまう。

「アリーチェ」

彼の指がヴァイオラの顎にかかり、美しい双眸が近づいてくる。

ドレスの横で軽く手を振ると、たちまち現れた光のヴェールが、密（ひそ）やかな口づけを交わすふたりを隠した。

優しくて甘い、そっと触れるだけの口づけ。

思いやりに満ちたキスから彼の気持ちが痛いほど伝わってきて、ヴァイオラはまともに息ができなくなった。

＊＊＊

その日、遅い朝食を済ませたヴァイオラは、ひと気のない城壁内部の通路を歩いていた。

石の壁に空いた小さな穴からは、森や草原がちらりと見えるだけでちっともおもしろくない。

しかし、昨日のご婦人方に出くわしてまた質問攻めにされるよりましだった。

昨日は茶会のあと、キヴィ侯爵夫人の誘いで一緒に昼食をとり、ヴァイオラを友人に紹介したいという彼女に連れられて貴族の屋敷を数件訪問した。

おまけに夕食まで夫人の部屋で済ませたため、ダンテには一度も会わなかった。

（でも、昨日は会わなくて正解だったかもしれないわね）

ピクニックでキスをしてから、彼とのあいだには微妙な空気が流れていた。

『君が好きだ』

焦がれる瞳で突然言われた言葉が脳内によみがえり、熱くなった頬を両手で押さえる。

（もう……彼があんなこと言うから）

ダンテの気持ちに答えることは容易ではない。

互いの思いが通じ合ったところで、貧しい伯爵令嬢の身では彼との結婚など叶（かな）わないだろう。

ましてやヴァイオラはアリーチェの身代わりだ。

ダンテが好きになったのは、アリーチェに化けているヴァイオラなわけで、身分としては問題ないかもしれないけれど、ヴァイオラは追放されてやってきた身であって……

「もう……何がなんだかわからなくなってきたわ」

尖塔（せんとう）のらせん階段を最上階まで上り通路に出た。

外は雲ひとつない青空が広がっており、やや強い風がはちみつ色の巻き髪を揺らした。

（いっそのこと、私はアリーチェじゃないと言ってしまいたい）

そうすればどんなに楽になるだろう。

しかし、それを言ったが最後、すべてが瓦解（がかい）することは目に見えている。何もかも完璧にこなしてきた悪役令嬢ヴァイオラらしくない失態だ。

（そうだわ。私は悪役令嬢のヴァイオラなのよ。しっかりしなくちゃ）

きっと顔を上げて歩き、らせん階段を下りる。

ここ最近、考えることが多すぎて自分を見失っていた。ジュリオを攻略することもすっかり忘れているではないか。

「ん……？」

居住棟に下り、廊下を歩いていると人が右往左往していた。

従僕や使用人がドアをひとつひとつノックしていて物々しい雰囲気だ。何かあったのだろうか。

部屋の中からスヴェンズ侯爵が血相を変えて飛び出してきたため、ヴァイオラは駆け寄った。

「閣下、どうかされたのですか？」

「どうもこうもない。君には関係ないことだ！　——おい、城の外もくまなく探せ。早く！」

侯爵は従僕のひとりに言いつけると裏口へ向かって走っていった。相当焦った様子だ。

（いったいどうしたのかしら？）

ちょうど通りかかったカテリナ付きのメイドを捕まえる。

「ねえ、何かあったの？」

「お嬢様の姿がどこにも見えないのです。乗ってこられた馬車もないようで」

ヴァイオラと同年代のメイドが今にも泣き出しそうな顔でそう告げた。

「どこかに出かけたということ？　ひとりで？」

「わかりません。わたくしは旦那様の指示を仰がなくては。失礼いたします」

メイドはバタバタと走ってどこかへ消えた。

（いったいどうしたのかしら。あの甘えん坊のカテリナがひとりでどこかへ行くとは考えられないわ。少なくとも馬車で出掛けたなら御者が一緒のはず。何もなければいいけど……）

メイドが消えたのとは逆の方向を探してみようと踵を返したところ、通りかかった部屋の中から何やらひそひそ声が聞こえてきた。

覗いてみれば、おとといピクニックに来ていたカテリナのメイドふたりだ。

深刻そうな様子の彼女たちは窓際にいるため、何を話しているかわからない。

（ちょっと失礼）

ヴァイオラがドレスの脇で手を振ると、ふたりの会話が聞こえてきた。

「きっとお嬢様はあの花を取りに行かれたのよ。これがバレたらクビだわ！」

「バカね。お嬢様の身に何かあったらクビじゃすまないわよ。旦那様に殺されるわ！」

「そんな恐ろしいこと言わないでよ！　だいたい、あんな話を真に受けるほうがおかしくない？　私だったら絶対に信じないわ」

ヴァイオラはつかつかと室内に足を踏み入れた。

「ちょっと、あなたたち」

ヴァイオラの声に飛び上がったメイドたちは、部屋から逃げ出そうと入り口に突進してきた。

「待ちなさい」

ヴァイオラがドアに軽く手を触れると、バン、と勢いよくドアが閉まった。

ちょっと魔力を出しすぎただろうか。

「な、何をなさるんですか」

「あなたたち、カテリナがいなくなった件について何か知ってるわね？　話してちょうだい」

腕組みをして睨みつけると、ふたりは縮こまって顔を見合わせた。

おさげ髪のメイドが震えながら口を開く。

「わ、わたくしたち、ピクニックに行った時にあの近くに伝わる伝説をカテリナ様に話したんです」

「私もその話を少し聞いていたわ。どんな話なの？」

おさげのメイドはこの城のメイドから聞いたという伝説について話した。

トバル湖より少し奥まったところにある岩棚に咲く山百合を、恋する相手に名を呼びながら渡すと思いが通じるというのだ。

そこはキヴィ侯爵が整備した公園の外にあるらしく、草は伸び放題、足場が悪く、馬車では近づけないらしい。途中から馬か徒歩で行くしかないようだ。

「カテリナ様は興味津々で、詳しい情報をお伝えしたらいつの間にかお出かけになっていたんです」

髪を後ろで結んだそばかすのメイドが勢いよく割り込んできた。

「わ、わたくしたちもお止めしたんですよ⁉　その場所はオオカミが群れを作っていて、地元の人たちも近づかないようにしているような場所だそうなんです。ですからお教えできませんって。それなのに、必死にせがまれて仕方なく——ひっ！」

ずい、と顔を近づけたヴァイオラに、ふたりは恐れをなしてますます委縮した。

「そんな危険な場所なのに、あなた方は大切な主人に教えたのね？」

「も、もうしわけございません！　お嬢様の熱意に根負けしてしまって……！」

ヴァイオラは腰に両こぶしを当て、ふうっと息を吐いた。

「謝る相手は私じゃないでしょう？　いいわ。話してくれてありがとう」

「あ、あの……私たちのことを旦那様には？」

ドアを開けたヴァイオラは後ろを振り、怯える彼女たちを睨みつけた。

「あなた方にそれを心配する権利があるの？　閣下に伝えるかどうかはカテリナの命にかかってるわね」

ヴァイオラはくるりと背を向けると、厩舎（きゅうしゃ）がある裏口に向かって廊下をつかつかと歩いた。

カテリナが馬車で岩棚に向かったのなら、馬であれば追いつけるかもしれない。

兵を集めている時間はなさそうだ。もちろん、途中で目が覚めて引き返してくれるのが一番だが……

ふたりのメイドには、カテリナの安否がわかるまで震えながら待ってもらうしかないだろう。

もっとも、侯爵がこのことを知ったら即座に処分が下されるだろうけれど。

＊＊＊

「ねえ、まだ着かないの？　もうちょっと急ぎなさいよ！」

「そんなこと言っても仕方がないよ。街道を走ってるわけじゃないんだし、急がせて事故を起こすよりいいでしょ？」

馬車の車窓から顔を出し、御者台に向かってギャンギャンとわめきたてるカテリナをオーリスが窘めた。

キヴィ侯爵の城から西へ向かって走るのは、道もない草原を走るのに似つかわしくないきらびやかな馬車だ。

前後の御者台にひとりずつ従僕をのせている以外は、オーリスとカテリナのふたりだけ。

道が悪いせいでキャビンはグラグラと揺れている。

ピクニックの日、恋が叶うといわれる花についてカテリナが話しているのを、オーリスはしっかりと聞いていた。その時、花を手に入れるのは自分の役目だと確信したのだ。

しかし子供ひとりではどうすることもできない。

どうにかして従僕を連れて内緒で出かけられないかと考えていた時、カテリナとメイドが空き部屋で内緒話をしているところに遭遇したのだ。

『言った通り従僕を手配してくれたわね？』

『もちろんです。でもお嬢様、本当に今からあの花を取りに行かれるんですか？』

『当たり前じゃない。誰にも内緒よ。これで王太子妃の座は私のものね！』

ドアの外で聞き耳を立てていたオーリスは愕然（がくぜん）とした。

（どうしよう。カテリナに先を越されたら、兄上がカテリナを好きになっちゃう！）

焦りでドキドキするなか、ひとつだけ今できることを思いついた。

三秒だけ考えたのち、オーリスは開け放たれたドアの裏から、ひょこっと顔を出した。

『ねえ。その話、僕も一枚噛ませてもらえる？』

「それで？　オーリス殿下は山百合の花を手に入れたらどうなさるおつもりなのですか？」

馬車の振動で震える声で、カテリナがオーリスに尋ねる。

オーリスは恥じらっているかに見えるよう肩をすくめた。

「好きな子がいるんだよ。ファーミル侯爵家の三番目の女の子で、前に一度だけ遊んだことがあるんだ」

「ふうん……聞いたことのない名前ですわね」

（そりゃそうさ。今思いついたんだもん）

嘘はいけないともちろん知っているが、子供は他愛もない話をするものだし、いいことをするための嘘はついてもいいと最近は理解した。

（こういうのを必要悪っていうんだよね）

「ねえ、オーリス殿下ぁ？」

「何？」

「もしその花が一輪しかなかったら、わたくしに譲ってくださいますよねぇ？」

猫なで声でねだるカテリナに一瞬怒りを覚えたオーリスだったが、必死に衝動を抑えた。

「いいよ。何かにつけて女性を優先すべきだって兄上がいつも言ってるし」

「まあ！　さぁっすがダンテ様！　オーリス殿下もそのお言いつけを守っていらっしゃるなんてすばらしいですわ！」

花を見つけても譲る気などさらさらないが、今は対策が思いつかない。

目を輝かせて身体をくねらせるカテリナに、オーリスはしらじらしい気持ちで笑みを向けた。

（アリーチェならこんなこと言わないよね。だからこの人のこと好きになれないんだ）

花を受け取った兄がカテリナと結婚するところを想像して、オーリスは身震いした。

ダンテに似合うのはアリーチェだけだ。もしカテリナが花を手に入れてしまったら、彼女が花を渡す前に兄に言い伝えのことを知らせるしかない。

＊＊＊

馬番を言いくるめて用意してもらった馬の手綱をしっかりと握りしめて、ヴァイオラは両側から迫りくる樹々のあいだを走り抜けた。

それにしても草が深い。馬車ではまともに進めないだろう。

「本当にこんなところを通ったのかしら」

樹々は罠（わな）のごとくヴァイオラの前に腕を広げたが、そのたびに素早く避けた。

魔法で蹴散らしてしまえば楽だが、罪もない植物をいじめたりするのは忍びない。

鬱蒼とした森をようやく抜け、話に聞いていた目印の小屋も通過した。しかし、馬車の音が一向に聞こえてこない。

馬が斜面に差し掛かると途端に道が険しくなった。岩や石でごつごつしているため、ここからは徒歩だ。

近くの木に馬を繋ぎ、ヴァイオラは斜面を登り始めた。

あいにく乗馬用の靴に履き替える時間はなかったが、ボタンのたくさんついたショートブーツを履いていたからまだよかった。

その時、どこかから唸り声のようなものが聞こえてきてハッとした。

声のしたほうを振り返った時、灰色の何かが視界をかすめた。オオカミだ。

『その場所はオオカミが群れを作っていて、地元の人たちも近づかないようにしているような場所なんです』

メイドが言っていたことが現実となり、鼓動が一気に速まった。

初めて見るその姿は想像以上に大きく、獰猛そうだ。こちらの存在にはもう気づかれている。

ヴァイオラは脚が見えるほどドレスをたくし上げて急いだ。

「カテリナ――‼」

叫びながら登っていく途中で、斜面の上のほうから女性の金切り声が聞こえてきた。

首筋をゾワッとしたものに撫でられる気がした。もしかしたらオオカミに囲まれているのかもしれない。

「今行くわ！」

岩棚まで一気に上がると、カテリナは確かにそこにいた。

腰が抜けたのか、ごつごつした岩棚にへたり込み、紙よりも白い濡れた頬をぶるぶると震わせている。

しかし、それよりもヴァイオラを恐怖と緊張の淵に突き落としたのは、彼女と一緒にオーリスがいたことだ。なぜ彼がこんなところに？

オーリスは果敢にもカテリナの前に立ちはだかり、細い棒きれ一本で何頭もの巨大なオオカミに対峙しようとしている。

「アリーチェ！」

ヴァイオラに気づいたオーリスがホッとした顔を向けた時、一頭のオオカミが彼に襲い掛かった。

「オーリス‼」

その瞬間、ヴァイオラの身体と頭、すべての感覚が研ぎ澄まされた。

半ば無意識に素早く手を前に突き出す。

「きゃあっ」

ドン！　という鈍い音とともにオオカミが吹き飛び、カテリナが頭を抱えた。

彼女はすぐに手を下ろし、何が起きたの？　といったふうに周りをきょろきょろした。

岩棚の後ろは断崖のため、まずは彼らを安全な場所まで移動させなくてはならない。

「ふたりとも、ゆっくりと前を向いたままこちらに来るのよ」

オオカミを刺激しないよう、冷静さを保って告げる。

ふたりがこちらに向かってくるのを、ヴァイオラは息を殺して待った。

パニック状態になっているカテリナにしがみつかれて、オーリスは歩きにくそうだ。

「あっ」

オーリスが石を踏んでよろけたところ、オオカミが突然吠えた。

「きゃーっ！」

足を止めたカテリナが泣き叫ぶ。彼女の声に興奮したオオカミたちが、唸り声をあげながら彼らの周りをぐるぐると回り出した。

「落ち着いて、カテリナ。大丈夫だから」

ヴァイオラはゆっくりとした口調でなだめたが、彼女の耳には届かない。

うずくまって悲鳴をあげるカテリナに、またオオカミが吠えた。

一頭が吠え始めると、呼応するようにほかのオオカミたちも続けざまに吠える。遠吠え（とおぼえ）が始まる。オオカミの数ははじめの倍以上になっていた。

「無理よ！　もうたくさんだわ！　どうして私がこんな目に遭わなきゃいけないのよーっ！」

彼女の叫びを合図に、一頭のオオカミが目にもとまらぬ速さでカテリナに襲い掛かった。

（もう無理だわ！）

ヴァイオラは両手を振りかざして、飛び掛かるオオカミ目がけて炎の魔法を放った。

すんでのところで炎の槍がオオカミを貫く。

恐慌状態に陥ったカテリナが、オーリスにしがみついたまま岩棚に倒れ込んだ。

（オーリス‼）

全身から血の気が引いた。

彼が手をついたところは庇状に張り出した部分で、後ろの崖まではこぶしひとつぶんくらいしかない。

おまけに岩棚は脆くなっているようで、剥離した欠片がぱらぱらと落ちるのが見えた。

もう魔法が使えることを内緒になどしていられなかった。ふたりに万が一のことがあるくらいなら、正体がバレて断罪されるほうがましだ。

「ふたりとも、もうそこを動かないで！　じっとしていて！」

ヴァイオラは叫んだ。そして胸いっぱいに息を吸い込み指笛を吹く。

「こっちよ！　かかってきなさい！」

オオカミたちが唸りながらターゲットを変えてこちらににじり寄ってくる。

両手を大きく広げたヴァイオラは、独特の節回しで炎の魔法の呪文を唱え始めた。

無詠唱で唱えられる魔法では、たくさんのオオカミに太刀打ちできない。

詠唱が終わる頃には、身体に力がみなぎり、前方に向けた手がオレンジ色に輝いていた。

頭の奥でうわんうわんと音が鳴る。全身が焼けるように熱い。

それでいて凍てついた氷山の頂にでもいるような、冴えわたる静けさがヴァイオラを包んだ。

（いけ‼）

オオカミが飛び掛かってきた瞬間、ヴァイオラの両手から巨大な炎が発せられた。

炎は燃え盛る渦となり、蛇のようにうねりながらオオカミたちを襲う。

地面を這う赤い舌に執拗に追い回されて、彼らは逃げまどった。キャンキャンと子犬のような声を上げつつ斜面を下りたり登ったりと忙しい。

ヴァイオラの指示に従って、オーリスがこちらにやってきた。

次はカテリナの番だ。ドレスが引きちぎれることくらいは覚悟してもらわなければ。

「さあ、カテリナ。こっちへ来るのよ」

片手に宿った炎でオオカミをけん制しつつ、岩棚に近づきもう一方の手を差し述べる。

しかし、依然として恐慌状態の彼女は、涙でぐちゃぐちゃになった顔を横に振った。

「無理よ！　動いたらオオカミに襲われるわ！」

「襲われても死ぬとは限らないわ。それに、そこから落ちるよりはいいのではなくて？　あなたがいる場所は崖の上に張り出した脆い部分なのよ」

ひいっ、とカテリナが叫んで腰を上げた時、オオカミが飛び掛かってきた。

「失せなさい！」

空を切った手から噴き出した炎によって、地面に叩きつけられたオオカミは悲しそうな声をあげて転げ回った。

しかし、次の瞬間――

「きゃああっ」

バランスを崩したカテリナが、岩棚から足を踏み外しそうになっている。

「カテリナ‼」

ヴァイオラは渾身の力を込めて地面を蹴り、彼女のドレスの袖を掴んだ。

崖下に落ちたカテリナの全体重が指にかかる。びりびりと嫌な音がして袖が裂けたが、どうにかカテリナを支えられた。

（腕がちぎれそうだわ……！）

震える細い指がヴァイオラの腕を握り、ヴァイオラもしっかりと握り返す。その際に腕が岩肌にこすれて悲鳴を上げた。押しつぶされた胸も痛い。

カテリナは崖の下でジタバタした。

「たっ……助けて……！　助けてよぉ‼」

「暴れないで！　とにかく落ち着くのよ」

「無理！　そんなの無理！　死んじゃう！」

「ダメよ、動いたら余計に体力を消耗するわ！」

その時、オオカミの唸り声が聞こえてヴァイオラは首だけ後ろへ向けた。

二頭、三頭……即座には数えきれないほどの数が、炎を操っていた魔女が身動きできないと見るや、集団で襲い掛かってこようとしている。

魔法はもう使えなかった。片手が塞がっているうえに、もう片方の手で必死に身体を支えているからだ。そのどちらの手もそろそろ力尽きようとしている。

（ああ、もう……）

万事休す――そう思った時、どこからか馬の蹄の音が聞こえてきた。

「えっ……？」

後ろを振り返ったところ、斜面の樹々のあいだに何か白いものが見える。直後に白馬に跨ったダンテが颯爽（さっそう）と姿を現した瞬間、心臓が破裂しそうなほど高鳴った。

「ダンテ‼」

普段は怜悧な彼の顔は高揚と憤怒と恐怖に彩られていた。眉間には深い皺が刻まれ、ぎりりと歯を食いしばり、紅潮した頬を震わせている。

「アリーチェ！　今助ける！」

巨大な白馬に跨った黒色の軍服に身を包んだダンテが、振り回した大剣でオオカミをなぎ倒しつつこちらへ向かってきた。

ものすごい力だ。彼が軽く剣をひと振りしただけで、子馬くらいの大きさのオオカミが吹き飛んでしまう。

すぐそこに断崖があることに気づいていないかのように、ダンテが猛スピードで斜面を駆け上がってくる。

「アリーチェ！　カテリナの手をしっかり握れ！」

彼がそう叫ぶのを聞いた直後、ヴァイオラの身体が力強い腕にすくい上げられた。

その反動を利用して、ヴァイオラは渾身の力を込めてカテリナを馬の背に引き上げる。

「遅くなってすまない、アリーチェ。大丈夫か？」

「どうにか……！　殿下、ありがとうございます」

ダンテの手を借りて馬の背に起き上がった。カテリナは自力では起き上がれず、口も利けないようなのでヴァイオラが落ちないよう支えている。

オオカミたちから離れた草の上に降ろされた時、彼の後ろにオーリスが乗っていたことに初めて気づいた。

「オーリス！　あなたがお兄様を連れてきてくれたの？」

馬から降ろされたオーリスが息を弾ませる。

「そういうわけじゃないよ。僕がこっそりと斜面を下りて助けを呼びに行こうとした時、ちょうど兄上が馬で上がってきたんだ」

「ゆっくり話している場合じゃないぞ、君たち」

馬上のダンテが厳しくも溌剌とした声で窘めた。

彼の口元には、無事にヴァイオラたちを助けられたという安堵のためか、それとも獲物を前にした高揚感からか、不敵な笑みが浮かんでいる。

彼が警告した通り、十頭を超えるオオカミの群れが全員こちらに頭を向けていた。

「あとは私に任せてくれ。——ハッ！」

腹を蹴られた巨大な白馬は、見事なたてがみを揺らして果敢にオオカミの群れに突進した。

彼らのそばまで行ってスピードを落とすと、激しく跳ね回り、後ろ肢で蹴り飛ばす動作を繰り返す。

オオカミたちは唸ったり吠えたりしながらも徐々に後退した。

「さあ来い！　私が相手だ！」

背中の大剣を抜いたダンテは、馬の背から身を乗り出すようにして剣を振り回した。

オオカミをからかいつつ、飛び掛かってきたものだけを弾き飛ばす。

彼の剣に打たれたオオカミは戦意を喪失し、悲しげな目つきでクンクンと鳴いている。

ダンテの剣の技術と馬の扱いには目を見張るものがあったが、いかんせん敵の数が多すぎる。

「しつこい奴（やつ）らだ。そうこなくてはな！」

勇ましい声をあげたダンテが、手綱を上へ引き上げて馬の後ろ肢に体重を乗せた。

巨大な白馬がいななきとともに後ろ肢だけで立つと、怯んだオオカミたちはしっぽを後ろ肢のあいだに巻いて情けない声を上げる。

その中でたった一頭、群れで一番大きなオオカミだけは決して怖気（おじけ）づくことなく、ダンテの前に立ちはだかった。

ダンテが目を見開き、剣の切っ先をそのオオカミに向けた。

「お前がこの群れのリーダーか。なかなか気骨があるようだ」

オオカミは低い唸り声をあげてダンテに突進してきた。ダンテも、オオッ、と太い雄叫（おたけ）びをあげてリーダーのオオカミに向かっていく。

大剣の重みをものともせず、ダンテは片腕で剣を振るった。

歯茎まで剥（む）き出（だ）しにしたオオカミが軽々と剣をかわし、すぐに飛び掛かってくる。

「ひっ‼」

ジャンプしたオオカミがダンテの腕に食らいつこうとした瞬間、ヴァイオラとふたりは同時に目を覆った。

直後にどすんと音がして恐るおそる目を向ければ、地上に転がったオオカミが体勢を立て直すところだった。ダンテに剣で打たれたのだろう。

（もう見ていられないわ）

ヴァイオラは今にも卒倒しそうだった。魔法を唱えたくて堪らない手がむなしく空中を掻き、諦めてこぶしを握るという動作を何度も繰り返す。

オーリスの小さな手がドレスの横の手を握るのがわかった。しかしヴァイオラは震えながら堪えた。彼を信じたかったのだ。

手練れ同士のぶつかり合いは拮抗し、延々と続くかに見えた。しかし、何度目かの衝突で均衡が崩れた。

ダンテが手綱を引いて攻撃を避けた際に、オオカミの歯が馬の尻をかすめたらしく、興奮した馬がバランスを崩したのだ。

ヴァイオラは思わず飛び出しそうになった。

しかし、ダンテはよろめく巨体を巧みに操り、馬の肢をオオカミにぶつけた。

そして、ヴァイオラの背丈ほどもある大剣を振り下ろし、オオカミの頭を打ちつける。

オオカミはぱたりとその場に倒れて動かなくなった。だが、しばらくすると起き上がり、ふらつきながら斜面を下りていった。

「やった！　オオカミたちが逃げていくよ！」

オーリスが言った通り、リーダーが逃げ出すとオオカミたちは蜘蛛の子を散らすように駆けていった。

ダンテは最後の一頭がいなくなるまで馬で追いかけていき、しばらくすると戻ってきた。

「全員無事か？」

「兄上！」

ひらりと馬から飛び降りたダンテの胸に、オーリスが飛びついた。しかし彼は厳しい顔つきで彼を下ろした。

「オーリス。お前はどうしてこんなことを――」

ダンテが手を振りかざした瞬間、ヴァイオラが素早くオーリスの前に立ちはだかった。

パン、と鋭い音が響くと同時に、ダンテの顔に深い後悔と罪悪感が浮かぶ。

彼の手を振り払ったヴァイオラの手は、じんじんと痛いほど痺れた。

「殿下。差し出がましいことを申し上げますが、理由も聞かずに手を上げるのはいかがなものかと思います」

すると、突然ワッと泣き出したオーリスが、ヴァイオラのドレスにすがった。

「お願い、喧嘩（けんか）しないで！　兄上とアリーチェは喧嘩しちゃ嫌だぁ……！」

わんわんと泣き崩れるオーリスをダンテが抱きしめる。

「わかったよ、オーリス。すまなかった。お前がいなくなったと知って生きた心地がしなかったんだ。許してくれ」

おーい、と呼ぶ声が斜面の下のほうから響き、ヴァイオラは林の中を探した。

ふーふーと息をしながら従者に手を引かれて登ってきたのはスヴェンズ侯爵だ。

彼はカテリナの姿を見つけると、従者の手を振りほどいて素早く駆け上がってきた。

侯爵は涙を流してカテリナを抱きしめ、よかった、よかった、と何度も頷いたのち、ようやくダンテに対して腰を折った。

「いやはや、娘ばかりかオーリス殿下までいなくなられたと聞いて肝を冷やしました。オオカミどもめ、我が国が誇る勇者の姿に恐れをなして逃げていったと見える。さすがでございましたな」

そして彼はスンスンと鼻を鳴らした。

「しかし、なんですかな。何やら焦げ臭いにおいがしますが……？」

ヴァイオラがちらりとカテリナを見ると彼女と目が合った。

カテリナが咳払いをして父の前に進み出る。

「お父様。わたくしには炎を纏った女神の姿が見えましたわ。女神さまがひと吹き息をかけたら、オオカミたちは火だるまに包まれましてよ。とっても勇ましかったわ」

「おお、そんなことが……！　きっと心が清らかな乙女には神の姿が見えるのだな。天に向かって感謝せねばなるまい」

ヴァイオラはにやりと笑いかけたが、カテリナはツンと顎を上げてそっぽを向いてしまった。

どことなくいつもより柔らかな表情に見えるのは気のせいだろうか。

　一行は途中途中に繋いだ馬を連れて斜面を下りた。道を外れた森の中には樹々で隠すように侯爵家の馬車が停めてあった。

　侯爵がダンテと話している最中に、カテリナがヴァイオラに近づいてきた。

「ねえ、どうして助けてくれたの？　私のことが嫌いなくせに」

　ヴァイオラはくすっと笑みを零した。

「相手がどんな人でも、危険な目に遭いそうだと知っていながら何もしないのは性に合わないの。余計なことだったかしら？」

「べっ、別に。……そんなことないけど」

　頬を染めて視線を外すカテリナの手を取る。

「私、少し誤解していたみたい。あなたは素敵なレディよ。きっと秘密は守ってくれるはずだと信じてるわ」

　カテリナは、ふん、と鼻を鳴らして、従僕の手を借りて馬車に乗り込んだ。

　彼女に続こうとしたオーリスがダンテのもとに駆けていき、こそこそとポケットから何かを取り出した。

「兄上。これ」

「なんだ？　私にくれるのか？」

　ダンテの手に握られたくしゃくしゃになった花を見て、ヴァイオラは目を丸くした。

伝説の山百合のことなどすっかり忘れていたが、彼はちゃんと手に入れていたのだ。

「アリーチェの名前を呼びながら渡してごらん。じゃ、またあとでね」

割と大きな声で兄に耳打ちして、オーリスは馬車に乗り込んだ。

キヴィ侯爵の城に着く頃には日も暮れかけていて、西の空は昼間見た魔法のように真っ赤に燃えていた。

明日は離宮へ帰る日だ。逗留のあいだに知り合った貴族たちから贈られたプレゼントで、荷物が来た時の倍になっている。

ダンテがヴァイオラの部屋を訪ねてきたのは、夜遅くまで荷造りをしていた時のことだった。

部屋のドアがノックされ、サリダがドアを開けると部屋着姿の彼が立っていたのだ。

真っ赤なバラの花束を両手いっぱいに抱えて。

「こんばんは」

ヴァイオラは手を止めて立ち上がり、繊細な刺繍の施されたナイトガウンの前を合わせた。

挨拶はしたけれど、彼と何を話せばいいのかわからない。岩棚からの帰りは二頭の馬で連なって帰ったが、その時もほとんど会話がなかったのだ。彼は自分を責めているように見えた。

「あの……何か御用で？」

「君に謝りたくて来たんだ。昼間はすまなかった。弟が……その、迷惑をかけた」

「いいえ。オーリス殿下もカテリナさんも無事でよかったわ」

サリダが出ていき、ヴァイオラは彼を招き入れてドアを閉めた。

ダンテがこの部屋に来たのは初めてだ。誰かに姿を見られていなければいいが。

「お茶はいかが？　こう見えて自分でいれられるのよ」

「いや、いい。これを君に渡したくて来たんだ」

ヴァイオラは彼が差し出した花束を受け取り、かぐわしい匂いを胸いっぱいに吸った。

「ありがとうございます。……うん、とってもいい匂い」

（山百合の花はどうしたのかしら？　彼はあの伝説を聞いてないのね）

受け取った花束を早速花瓶に挿そうと洗面台に運んだ。すると、後ろから大きな腕が回されてドキッとする。

「君とゆっくり話がしたいと思っていた。それはあとにしてくれないか」

ヴァイオラを抱きしめたまま、ダンテがヴァイオラの左手を取った。

「もう痛くないか？」

手のひらが親指で優しくこすられる。

「ええ。なんともないわ」

「君には心からすまないと思っている。怒りに任せて子供に手を上げるなんて大人げないとずっと反省していた。私は王太子なのに」

　ヴァイオラは息を吸って後ろを振り返った。

　悲しげに寄ったダンテの眉がぴくりとする。

「あの時のあなたは王太子ではなく、オーリスのお兄様だったのでしょう。それに、あなたを思ってのことはいえ、彼が軽はずみな行動をしたのに違いはありませんから」

「私を思って？　オーリスは私のためにあんな場所に行ったのか？」

　ヴァイオラは息で胸を膨らませて前を向いた。

「あなたがオーリスから受け取った花には意味があったようです。その……好きな人の名前を呼びながら渡すと恋が叶うと言われているとか」

「これか」

　ダンテがポケットの中からしおれて茶色くなった花を取り出したため、ヴァイオラは目を見張った。

「まだお持ちになっていらしたんですか？」

「弟がこれを君に渡せと言っていたから、念のため」

　ダンテは後ろから回した手で、山百合をヴァイオラの前に掲げた。

「この花は君以外には渡したくない。アリーチェ。私は君を愛している」

　ヴァイオラはごくっと唾をのんだ。

「気持ちは嬉しいけど、私はこの花にふさわしくありませんわ」

唇を噛んで俯くヴァイオラの手が開かされ、花が握らされる。

「この花を受け取ってほしいんだ。そして私を愛してほしい。何年かかってもいいから」

後ろを向くと、ダンテが優しい目で見つめていた。

頬を撫でられたら思わず泣きたくなった。氷の色をした焦がれる瞳に見つめられていると溶けてしまいそうだ。でも――

「アリーチェ」

（私はアリーチェじゃない）

「アリーチェ」

ダンテがもう一度呼んだ時、ついにヴァイオラの胸に熱いものがこみ上げた。

「ごめんなさい」

涙でちくちくする目を隠そうと俯く。

ダンテは何か言おうとして息を吸って吐く、ということを何度か繰り返したのち、ようやく口を開いた。

「何か事情があるなら話してくれないか。君のためならなんでもする。それが私のためでもあるんだ」

「あなたほどの力があればご自分で調べられるでしょう」

「怖いんだ」

ヴァイオラは弾かれたように顔を上げた。

ろうそくの明かりに照らされたダンテの瞳が揺れている。彼は苦悩の漂う目元で首を横に振った。

「情けないと笑われても構わない。何かが明るみに出て君を失うのが怖い」

「ダンテ……」

ヴァイオラの手を握って力ない笑みを浮かべる彼から、やるせない思いが伝わってくる。

美しく凛々しい顔立ちのダンテは自尊心が高く、決して人に弱みを見せない自信家だと思っていた。

大国の王太子という立場に加え、膂力(りょりょく)や美貌、人望もほしいままにした英雄みたいな存在の彼が、分不相応な女性ひとりにこんなふうになるなんて……

背伸びをしたヴァイオラは、ダンテの頬に手を触れてそっと口づけた。

彼を同情する気持ちだったのか、あるいは罪ほろぼしのつもりなのか自分でもわからない。

自然に胸を突き上げる思いからそうしたのだった。

すると、ダンテが堰(せき)を切ったように震えながら激しく唇を奪った。

「今すぐに君が欲しい。でないと死んでしまいそうだ」

唇をつけたまま彼が囁く。切なそうな吐息のなかに興奮がまじっている。

ヴァイオラは無言で離れようとしたが、一瞬早く後ろから腰を抱き寄せられた。

腹部に巻かれた腕はシャツがまくり上げられており、筋張った筋肉の上に血管が稲妻のように走っている。

この腕に抱かれたらもう逃げられない。観念して力を抜いた。

「愛している」

ダンテが首筋に鼻を押し付けてきて、ヴァイオラは目を閉じた。

腰を抱いていた手がバストをすくい上げ、優しく揉まれる。

ナイトガウンの上から下腹部に触れられただけで、吐息が零れてしまった。

「アリーチェ」

（私は）

「アリーチェ……」

（そんなふうに呼ばないで）

ヴァイオラのうなじや首筋にキスがされた。肩からガウンが滑り落とされ、ハイウエストの白いシュミーズドレスが現れる。

モスリンのドレスの下には何もつけていなかった。

男性的な武骨な手がドレスの上から乳房をすくい上げると、ハッと息が洩れる。

大きな手で覆われた乳房は柔らかく形を変え、指が先端をかすめた際にはそこが硬くすぼまるのがわかった。

「は……あっ、ダンテ――」

「君が好きだよ」

湿った唇が耳を這う感触に、ヴァイオラは唇を噛んだ。

そんなふうに囁かれたら完全に堕(お)ちてしまいそうになる。今の自分は進むか戻るかの岐路に立たされているのに。

「んっ……!!」

薄い生地の上から執拗に頂を弾かれるうちに、脚のあいだが腫れぼったくなってくる。

器用にドレスをたくし上げたダンテの左手が、下草に隠れたヴァイオラ自身に触れた。

甘い痺れに貫かれた瞬間、ビクッと身体が跳ねた。

長い指が秘密の場所をゆるゆると行き来するのに合わせて、いちいち反応してしまう。

「教えてくれ。今どんな感じがしてる?」

耳につけられた唇から、かすれた声が脳内に直接響く。

ヴァイオラは喘ぎながら首を横に振った。

「そんな意地悪を言わないで」

「ダメだ。君の口から直接聞きたいんだよ。このかわいらしい口から」

「あっ……ん」

ヴァイオラの口の中にダンテの右手の親指が差し込まれた。

硬い皮膚がヴァイオラの舌の表面や上顎を優しく撫でる。

はじめは戸惑うばかりだったが、次第に気持ちがよくなってきて、自分から指に舌を絡めたり、吸ったり、甘く噛んだりした。

「ああ……君は誘うのが上手だな。どうだ？　気持ちがいいか？」

後ろから強く抱きしめられたら、硬くなったダンテの男性の部分が腰に触れた。

ぐりぐりと押し付けられながら秘裂を指でなぞられて、一刻も早く彼が欲しくなった。

「気持ちがいいと言ってくれ。私が欲しいと」

ヴァイオラは口に溜まった唾液をごくっとのんだ。

「お……お願い」

「私が欲しいのか？」

「欲しい……あなたが……今すぐ、お願い……っ」

これ以上は耐えられない。

蜜口を撫でていた彼の指は、今や中にまで忍び込み、それでいて奥へは進まずに浅い場所ばかりを執拗に苛んでいるのだ。

口内を弄んでいた手が離れて臀部に触れた。おそらくブリーチのボタンを外しているのだろう。

しばらくすると、ヴァイオラの腰に硬いものがぴたりと触れた。ドレスがさらにまくり上げられ、脚のあいだに熱く張ったものが滑り込んでくる。

「は……んっ」

蜜を纏った昂りが潤んだ裂け目を滑らかに行き来する。

めりはりのある凹凸に秘所がきゅうきゅう疼いた。自然と腰を後ろに突き出す格好になったが、彼はなかなか入ってこずに、昂りで秘裂をなぞっている。

頭の中をとろかす責め苦に、脚のあいだの花びらがひくひくとうごめくのがわかった。

時々彼の先端が蜜口に引っかかり、入ってきそうになるたび息をのむ。

焦れて腰を揺らすと、ダンテが小さく笑った拍子に背中に吐息が触れた。

「そんなにも欲しくて堪らないならねだればいい」

ダンテは自分自身を握りしめ、はち切れそうになった先端を蜜口に宛がった。

剛直が隘路を突き破る際、ヴァイオラは思わず息をのんだ。とてつもなく太く逞しい存在を、濡れそぼった洞がなんなくのみ込んでいく。

最奥まで達したダンテがヴァイオラの背中に頭をもたせかけた。

「素晴らしい……君と毎日ずっとこうしていたい」

ヴァイオラも同じ気持ちだった。自分の中に彼がいるというだけで、このうえない充足感を覚える。

ドレスの胸元にあるリボンが解かれ、豊かな乳房が零れた。その柔らかな感触を味わうように、大きな両手がゆっくりと揉みしだく。

「アリーチェ」

胎内にあるものが抜け落ちる寸前まで退き、一気に滑り込んでくる。

「ああんっ……！」

隘路を駆け抜ける官能の刺激に耐えかねて、ヴァイオラは洗面台にしがみついた。

さらに連続で昂ぶりを突き入れられて、生まれたての子馬のように脚が震えてしまう。

「きついな……吸いついてくるようだ」

「ンぁっ……は……、ダンテ、もう少しゆっくり……っ」

「痛いのか？」

激しかった抽送がやや緩やかになる。ヴァイオラは首を横に振った。

「それなら少し我慢してほしい。ゆっくりしたいのは山々なんだが、今夜は……我慢できそうにない」

焦りを含む吐息まじりの声にヴァイオラはぞくぞくした。本当はこうして無理やり奪ってほしかったのかもしれない。

崖の下に落ちそうになった時、彼の気持ちに答えられなかったことを心から悔いたのだ。

このまま死にたくない、ダンテに自分の思いを伝えるのだった。せめて、彼ともう一度肌を合わせたかった、と。

とろけた洞のなかほどを素早く突かれて、ヴァイオラは激しく喘いだ。

律動によってゆさゆさと揺れる両方の乳房は、男らしい手で鷲掴みにされた。

彼の手のひらで形を変える乳房は白く、儚(はかな)く、骨ばった指で押しつぶされた淡紅色の乳首が硬くすぼまっている。

「あ、はぁっ……ん、あんっ……」

堪らず腰を捩ると、ダンテがヴァイオラの腹部を愛おしそうに撫でた。

「きれいだよ……君は私にとって天使だ」

ダンテも喘いでいた。

ヴァイオラのうなじを這う彼の唇から、じかに荒い息遣いが感じられる。

抽送のスピードはどんどん速さを増し、それにつれてヴァイオラは知らず知らずのうちに腰を後ろに突き出していた。

顔が熱くなるほどの卑猥な水音に合わせて、胎内のいたるところが強く抉られる。

「ああ、君は……どうして……こんなにも……」

ダンテがひとり言とも取れる呟きをしだした。こうなった時、彼の絶頂は近いのだとヴァイオラはもう知っている。

ヴァイオラ自身も絶頂がすぐそばに迫っていることに気づいていた。

彼をいだく場所が痛いほど疼き、一瞬たりとも放すまいと絡みついている。

吐息は濃く、甘く、身体を支える手の平が汗ばんでいた。もちろん、ヴァイオラの手を包むダンテの手にも。

ヴァイオラにはきついくらいの剛直が、容赦なく胎内を穿った。

あまりにも強い快感が絶え間なく押し寄せてじっとしていられない。

堪らず乳房を掴むダンテの手に自分の手を重ねた。

「あっ、はぁ……っ、私、もう……っ」

「いこう、アリーチェ……一緒に」

一瞬、胎内でダンテの分身が大きく膨らんだ気がした。

その直後に身体の奥からとてつもない快感が湧き起こり、全身の肌が粟立つ。

「んあああっ……！」

ヴァイオラはびくびくと全身をわななかせて絶頂に達した。

気が遠くなるような酩酊と戦慄が交互に襲ってきて、自分がどこに立っているのかもわからなくなった。

「ああ……愛してる……愛している」

うわごとのように呟きながら猛烈に腰を振っていたダンテは、やがて一度だけ身体を引きつらせてヴァイオラの肩にくたりと顎をのせた。

「アリーチェ……君が好きだ。愛しくてたまらない」

強く抱きしめる腕から彼の気持ちが痛いほど伝わってきて、ヴァイオラの胸に熱いものがこみ上げた。

もう自分の気持ちをごまかすことなどできない。彼を心から愛している。

「私も……あなたを愛してる」

そう口にした直後、ヴァイオラはハッとして目を見開いた。

（私は何を言ってしまったの……？）

後ろで息をのむ音が聞こえる。強く抱きすくめられた瞬間に強い後悔が押し寄せた。

「アリーチェ……！　やっと言ってくれたね」

「待って、私──」

ヴァイオラはダンテから離れて窓際に駆けていった。

せっかく今まで彼への思いをのみ込んできたのに、たったひと言ですべてが終わってしまう。

叶わぬ恋に期待を抱かせることほど、彼を傷つけることはないだろう。

衣擦れ（きぬず）の音がこちらに近づいてくる。

「アリーチェ」

肩を掴まれて正面を向かされた。おずおずと顔を上げると、喜びと興奮に頬を紅潮させたダンテの顔が目に入り、胸がズキリとする。

「ありがとう。心から嬉しいよ。これで君を妻として迎えられる」

華やいだ笑みを湛えたダンテがヴァイオラの両手を握った。

ヴァイオラは込み上げる涙を堪えつつ首を横に振る。

「無理よ……無理だわ」

「どうしてだ？　身分のことなら何も心配いらない。私が絶対に陛下と大臣たちを説得してみせるから、信じてついてきてほしい」

ダンテは自信たっぷりに言い、アクアマリンの瞳をきらきらと輝かせた。ヴァイオラが首を縦に振ると信じて疑わないのだろう。

しかし、ふたりのあいだには身分差よりももっと深刻な問題が横たわっている。

ヴァイオラはダンテの手を彼のほうに押しやり、顔を背けた。

「アリーチェ？　いったいどうし――」

「ごめんなさい」

ヴァイオラはくるりと身をかわすと、シュミーズドレスを持ちあげて部屋を飛び出した。

「アリーチェ！」

背中にダンテの声が響くが振り返らずに走り続ける。

瞼の淵まで盛り上がった涙が零れないよう気をつけながら、壁掛け燭台の影が落ちる廊下を駆け抜けた。

走りながら、彼と身体を重ねるのはきっとこれが最後だろうという予感が頭をよぎった。

むしろ今までの輝かしい時間が奇跡で、夢の途中にとどまっていただけだったのだ。そう思うくらいにかけがえのない時だった。

階段を駆け下りて裏庭に出たところで我慢が限界に達した。

ヴァイオラは階段の手すりにすがって声を殺して泣いた。

悪役令嬢はこんなことで泣いてはいけない。

けれど、初めて本当の恋を知った自分にそれを課すのはあまりに苦しく、自分はひとりの年頃の女性なのだと認めずにはいられなかった。

第四章　好きだからこそ、お別れしなくてはならないの。

「今夜ここを出ましょう」

離宮に到着した日の夕方、ヴァイオラは静かにサリダに告げた。

ダンテとはあれきり口を利いておらず、帰路につく前に身内の訃報を受け取った彼は公爵領へ向かったため、帰りの馬車も別だった。

正直ホッとした。

何度愛を囁(ささや)かれても、ダンテの思いに答えられない自分に愛される資格があるとは思えない。

そろそろ彼の前から去る時では――そう思った。

ヴァイオラの髪を整えていたサリダが、ため息とともに首を横に振る。

「本当にそれでよろしいのですか？　ヴァイオラ様はてっきり殿下とご結婚なさると思っておりましたのに」

「そんなわけにはいかないわ。わかるでしょう？」

「もちろんわかりますけれど……。あれだけ好かれているのでしたら、むしろ正体を明かして殿下のお力でなんとかしていただいたほうが——」

鏡の中のサリダをじっと見据えると、彼女は手を止めて口をつぐんだ。

「私がどういう経緯でアウデラードに来たか忘れたの？　無関係の殿下に迷惑をかけるわけにはいかないのよ」

「申し訳ありません」

ヴァイオラは息を吐き、こわばっていた頬をフッと緩めた。

「いいえ。私のほうこそ言い方がきつかったわ」

椅子から立ち上がり、くるりと後ろを向く。

「さ、もうこの話は終わりよ。ちょうど荷物がまとめてあってよかったわ。周りが寝静まったら裏口からこっそりと出て辻馬車を拾いましょう」


夜になり、ヴァイオラは書き置きを残して静かに離宮を抜け出した。

買収した従僕に荷物を持たせて、裏門を守る衛兵にも金貨を握らせる。

通りに出て辻馬車を拾い、城下町のはずれのセルドン伯爵邸には半時間もせずに到着した。

「どちら様でしょう」

少しだけ開けたドアから顔を覗かせた執事が訝しげにヴァイオラを見る。しばらくのち、目の前に立っているのが誰なのかわかったらしく目を丸くした。

「こんばんは。旦那様はいらっしゃる？」

「は、はい。ただ今」

招き入れられたヴァイオラは屋敷の中に入った。

玄関に漂う懐かしい匂いに、ここを初めて訪れた数週間前のことを思い出す。

伯爵家の人たちを驚かせてしまうだろうと思うと今から気が重かった。

「ヴァイオラ……！　こんな夜更けにどうしたんだ、ええ？　心配してたんだよ」

伯爵は慌てて服を着たらしく、シャツのボタンを留めながら階段を下りてきた。

「こんな夜分に申し訳ございません。お別れを言いに参りましたわ」

「お別れだって⁉　いったいどういうことなんだ」

それから数分後には、伯爵家の全員とヴァイオラがテーブルに集まっていた。

その脇に立っているサリダはもう泣いている。

「王室から手紙を受け取ってはいるが、そこには君がしばらく離宮に逗留するということしか書いてなかった。何があったんだ？」

伯爵が身を乗り出して尋ねる。メイドが入れた茶を啜ろうとしているようだが、手が震えて思うようにカップを口に運べない。

「まずはこれまでの経緯をお話しますわ」

ヴァイオラは舞踏会で伯爵夫妻とはぐれたあとから今に至るまでのことを、仔細に渡って話した。

舞踏会の晩に仮面をつけた高貴な男性と出会ったこと、それが王太子ダンテで、彼に気に入られてオーリスの遊び相手になったこと。

離宮では手厚いもてなしを受け、ダンテと一緒にピクニックにも行ったし、オオカミと戦うというハプニングがあったことも、全部。

はじめの話題が舞踏会の夜のことだったため、彼らは気まずそうに顔を赤らめ、オオカミとの戦いの段に至っては、夫人とアリーチェは手を握り合って震えながら聞いていた。

包み隠さず話したつもりだが、ひとつだけ言えなかったことがある。

それは、ヴァイオラ自身がダンテを愛してしまったことだ。

「そんなことがあったとは、君には申し訳ないことをした。なんと詫びたらよいのか」

話の序盤から頭を抱えていた伯爵は、今にも泣き出しそうな顔をしている。

「いいえ。お詫びしなければならないのはわたくしのほうですわ。アリーチェの名を借りて好き勝手やってしまいましたもの」

ヴァイオラは紅茶をひと口啜り、カップを置いた。

「離宮には書き置きを残してきましたが、おそらくダンテ殿下がアリーチェを捜しにここへやってきます。結婚の申し込みをされるかもしれません」

「なんだって!?」

伯爵が勢いよく立ち上がったため、ビロードの剥がれかけた椅子が後ろにひっくり返った。

「け、けけけ結婚⁉　君はそんなにも殿下に気に入られたのか。しかし、うちは王太子殿下に輿入れできるような家柄では――」

「殿下は『妻として迎えたい』とおっしゃっていました。彼の決意は固いようでしたし、伯爵令嬢が王太子に嫁ぐことが過去に例がなかったわけではありません」

夫人がごくりと唾をのむ。

「もし縁談がうまく進まなかったとしても、アリーチェの名前はすでに貴族のあいだでは知れ渡っています。きっと悪いことにはならないでしょう」

伯爵は額の汗を拭ってようやく椅子に座った。

「で、でも、どうすればいいんだ？　君はさっき『お別れを言いに来た』と言ったじゃないか」

「これからわたくしそっくりの化粧とヘアスタイルの作り方をメイドに教えます。それから、わたくしが離宮で着ていたドレスをいくつか置いていきますわ」

身を乗り出した伯爵が声を落とす。

「それはアリーチェと入れ替わるということか？」

「そうです。どこからどう見てもわたくしに見えるよう、彼女を変身させてみますわ。殿下はわたくしの化粧をしていない顔をご覧になったことがありませんから」

それから二時間ほどかけて、メイドとアリーチェに、実際にアリーチェをモデルにして豪華な巻き髪と化粧を伝授した。もともとヴァイオラとアリーチェは瞳の色が似ているため、ぱっと見はそっくりだ。

大変貌を遂げた娘を見て伯爵は目を丸くしている。

「これはなんと！　ヴァイオラと瓜ふたつじゃないか」

「でも少し細すぎるわね」

と、夫人。

「殿下を思うあまり心労で食が細くなったとでも言えばいいと思います」

その言葉を口にした時、ヴァイオラの胸はズキッと痛んだ。

実際に今の自分自身がそうだったからだ。

「アリーチェ。あなたにこれを渡しておくわ。殿下の好きな食べ物や彼について私が知っていることを書いておいたの」

そう言って、荷物の中から取り出したメモをアリーチェに渡す。

これで彼のすべてが理解できるとは思わないが、何も知らないよりはいいだろう。

ヴァイオラだって彼とは知り合ったばかりなのだ。

不安で青ざめているアリーチェの手を、ヴァイオラは両手で包んだ。

「殿下は今、叔母のフィラン公爵夫人の葬儀に出ていて留守にしていらっしゃるの。でも、私がいなくなったと知ったら必ずここに来ると思うわ。いいこと？　もし殿下やほかの人に何か聞かれても適当に話を合わせるのよ。彼は優しい人だからきっと大丈夫」

「ヴァイオラはどうするの？」

「私のことは心配いらないわ。行く当てもあるし、お金ならたんまりあるから」

ヴァイオラは伯爵夫妻のほうを向き、ドレスの両脇を摘まんで腰を落とした。

「それではわたくしはこれで失礼いたします。皆様のことを陰ながら見守っておりますわ」

「おお、ヴァイオラがいなくなるなんて本当に残念だ。身体に気をつけて過ごすんだよ。落ち着いたら手紙のひとつもよこしてくれ」

「ありがとうございます」

めそめそしているサリダに目配せして、ヴァイオラは伯爵家をあとにした。

ここへ初めて来たときと同様、またサリダとふたりの旅が始まる。

行く当てなんてもちろんなく、とりあえず向かうのは次の宿場町であるギサレヤだ。

そこでどこかひっそりとした田舎の廃城の情報でも仕入れて、持ち主に交渉をするつもりでいる。

何年かかっても構わない。いつか自分の城が手に入ったら、好みに改装して静かに暮らすつもりだ。魔法で魔物退治でもしながら。

後ろを振り返ると、城下町の家々を照らす明かりがだんだん遠ざかっていくのが見えた。

夜のしじまに漂う王都の光は美しく輝いていて、感傷的な気分に拍車をかける。

ヴァイオラとは正反対の性格のアリーチェ。

自分が功を上げた山百合の成果を気にしていたオーリス。

しばらく経ってから、裏切られたことを知るだろうダンテの気持ち……

心残りや心配事はたくさんあるけれど、今はここを離れるしかない。

できるだけ遠くへ。誰もヴァイオラを知らないところへ。

（ちょっと目立ちすぎてしまったわよね）

『はなおと』の悪役令嬢ルートに続きがあるなら、きっとこれが正解のルートなのだろう。

悪役令嬢は幸せになってはいけないのだ。

泣いてしまいそうになるのを堪えて、サリダにハンカチを差し出す。

「あなたが泣いてどうするの？　ほら」

彼女は涙声で礼を言って、金糸の刺繍とレースで縁取りがされたハンカチで鼻をかんだ。

「まあ」

ヴァイオラは笑って、今はずっと遠くなった王都の明かりをエメラルド色の瞳に焼き付けた。

＊　＊　＊

ようやく自分の城に帰ってきた時には、ダンテは疲れ切っていた。

フィラン公爵夫人の葬儀を終えて帰路に就いたのが三日前。キヴィ侯爵の城を発(た)ってからは半月以上も過ぎている。

厳かな葬儀の最中も、馬車に揺られているあいだも、アリーチェの存在が頭から消えたことは一瞬たりともなかった。

微妙な関係のまま離れ離れになった彼女を、今すぐに鍵のついた部屋に押し込み、一日じゅうまぐわっていなければ死んでしまうような気さえしている。

「兄上‼」

城の玄関に入った直後、正面から駆けてきたオーリスがダンテの胸にすがりついた。

「ただいま。オーリス。私に会えなくてそんなに淋(さび)しかったのか？　いつからそんなに甘えん坊になったんだよ」

いきなり声をあげて泣きだした弟の頭をしゃがんで撫(な)でる。

「そうじゃないよ！　アリーチェが……アリーチェが……」

ダンテはスッと心臓が冷える気がした。

「彼女がどうかしたのか？」

「こっちに来て」

小さな手に引かれて階段を上り、壁を淡いグリーンで塗られた弟の部屋に入る。

彼が引き出しから取り出した封筒を開けると、丁寧な文字で書かれたメモが入っていた。

「僕たちが帰ってきた次の朝、どこを探してもアリーチェの姿が見えなかったんだ。それで彼女の部屋に行ってみたらこの手紙がテーブルに置かれてて……宛名がなかったからコンティ夫人に聞いて僕が開けてみたの。そしたら――」

またそめそと泣きはじめた弟の頭を、ダンテはそっとかき寄せた。

アリーチェからの手紙を持つダンテの手はぶるぶると震えていた。

勝手にいなくなった彼女に対する怒りと、信頼されていない自分への悲しみ、公爵領まで連れていかなかった後悔とで、心臓が痛いほど脈打っている。

手紙には『家に帰る』とあるが、にわかには信じられなかった。

彼女は何か事情を抱えているようだったし、ジュリオがおかしなことを言っていたのもずっと心に重く圧し掛かっている。

彼女は本当にセルドン伯爵家の娘なのだろうか。

ずっと知ることを避けてきたが、今が重い腰を上げるべき時なのではないか。

ダンテはスッと立ち上がり手紙をオーリスに渡した。

「アリーチェに会いに行く」

「僕も行く」

「ダメだ」

「兄上！」

すがりつく弟の目線まで腰を落として、ダンテは濡れた丸い頬を指で拭った。

「必ず彼女を呼び戻すよ。もしかしたら少し時間がかかるかもしれない。待てるか？」

オーリスが必死に涙を堪えて、こくりと頷く。

「その代わり、絶対にアリーチェと結婚してくれなきゃ嫌だよ」

ダンテはフッと笑い、オーリスの頭を撫でた。

「初めからそのつもりだ。行ってくる」


数時間後、ダンテはジュリオを連れて城下町のはずれにあるセルドン伯爵家を訪れていた。あのオオカミの一件以来、どういうわけか急にカテリナが身を引いたため、どちらにせよ早急にここを訪れる必要があったのだ。

王都の大臣たちに知られる前に、父王の了承を得るつもりでいる。その前に正式にアリーチェに結婚を申し入れておきたかった。

愛馬から降りて手綱を従者に渡し、別の従者にノックさせる。

塗装の剥げたドアが開き、ひょろりとしたわし鼻の執事が現れた。

「何か御用で――」

執事はそう言いかけたが、フードの中のダンテの顔を見た途端言葉を失った。

「ど、どうぞこちらへ。すぐに主を連れてまいりますのでこちらでお待ちくださいませ」

彼は狭くて薄暗い玄関ホールの横にある居間を示したのち、急いで階段を上がった。

家族全員が揃ったらさぞ窮屈そうな居間は、清潔ではあったがどの家具も古めかしく、椅子のビロードは長いこと張り替えていないようだ。

「これはこれは王太子殿下……！」

複数の人が階段を下りてくる音がして、間もなく伯爵が居間の入り口に現れた。

初めて目にするセルドン伯爵は黒々とした髭を蓄えた目立たない男だ。もしかしたら初めてではないのかもしれないが、この顔と小柄な身体つきでは印象に残らないだろう。

「本来であればこちらから参上せねばなりませんというのに、このようなむさ苦しいところまでお越しいただき恐悦至極に存じます」

伯爵は膝に頭が付きそうな勢いで腰を折ったが、ダンテの目には入っていなかった。

伯爵の妻に連れられてあとから入ってきたアリーチェの姿を見た時から、彼女から目が離せなくなっていたのだ。

久しぶりに見るアリーチェはややほっそりしたようで、以前に見たことがあるピンク色のドレスにずいぶんゆとりができている。俯き加減で顔色も悪い。

（別れたあとにも君はそれほどまでに思い悩んでいたのか）

すぐに抱きしめて慰めたい衝動に駆られたが、身体の脇で両手を握って堪える。

ダンテは深く息を吸った。

「しばらく城を空けていたから、あなたが来られても私には会えなかったと思う。それより、アリーチェには弟の遊び相手になってもらって感謝しているよ」

「こちらのほうこそ、殿下のお陰で家族が安心して暮らせます。――アリーチェ、殿下にご挨拶を」

「は、はい」

父親に手を取られて近づいてきたアリーチェが、ドレスを摘まんで腰を落とす。

彼女が手の届く距離にいると思っただけで、ダンテの胸は狩りで獲物を前にした時のように高鳴り、息が苦しくなった。

しかし。

「こ、こんにちは」

アリーチェが目の前で声を発した瞬間、違和感が頬を撫でた。そして半分ほど顔を上げた時、天地がひっくり返るような衝撃を覚えた。

（これはどういうことだ?）

目の前で震えている女性はまったくの別人だった。

確かにそっくりではあるが、よく見れば目が少し細く、鼻の形も輪郭も違った。何より、ダンテが何度も貪った唇が彼女ほどふっくらしていない。

子供のように薄く細い身体つきからは堂々たる態度も気位の高さも、色気すらも感じられなかった。むしろこの女性はアリーチェとは真逆のタイプに見える。

恐らく化粧でアリーチェに似せているだけなのだ。ほかの誰にもわからなくても、ダンテにはわかる。

「元気そうで何よりだ」

一瞬頭が真っ白になりながらも、かすれ声でどうにか口にした。

ちらりとジュリオの様子を窺うも、彼は『何か？』という顔だ。

ダンテはこわばった表情で立っている伯爵夫妻の顔を交互に見た。

王太子が家にやってくれば誰もが緊張してこのようになるだろうから、これだけでは欺こうとしているかはわからない。

「失礼だが、この家にはほかに同じ年頃の娘はいないだろうか？」

そう尋ねると、伯爵は視線を泳がせて親指と人差し指で反対の手をこすり始めた。

「娘はこちらのアリーチェだけです」

「そうか。変なことを聞いてすまない」

「とんでもございません」

伯爵だけでなく、夫人と娘からも明らかな動揺が窺えた。しかしダンテは何も言わずに、マントを頭まですっぽりとかぶった。

ドアへ向かおうとしたところ、年老いたメイドがワゴンを押して入ってきて、伯爵が目の前に立ちはだかった。

「あ、あの、よろしかったらお茶でも飲まれては――」

「近くに来たから挨拶に寄っただけなんだ。今日のところは失礼するよ。次の連絡を待っていてくれたまえ」

伯爵は少しホッとしたような顔をして、家族総出でダンテを玄関で見送った。

「てっきり求婚されるのかと思っていました」

馬の背に揺られながらジュリオが尋ねる。

「君はあれがアリーチェだと思ったのか?」

「どういうことでしょう?」

「あれはまったくの別人だ」

ダンテの言葉に、ジュリオは珍しくあんぐりと口を開けた。

「私にはアリーチェ様に見えましたが……どうして伯爵は殿下を騙(だま)すような真似(まね)を?」

「私のほうが君の何倍も疑問に思ってるよ。しかしどうかセルドン伯爵を責めないでやってほしい。このことは私が調べてみるから、くれぐれも内密に頼む」

馬上でいとこの肩を叩(たた)き、ダンテは馬のスピードを速めた。

何も言わずに伯爵家をあとにしたのは、伯爵家の人たちがあまりに気の毒に思えたからだ。

伯爵夫妻も執事も、全員擦り切れそうな服を着て真っ青な顔をしていたし、アリーチェと名乗ったおとなしそうな娘に至っては、今にも倒れそうなほど震えていた。

何かを隠しているのは明白だが、事が明るみに出たら一大スキャンダルとなる。

王室の権威は地に落ち、伯爵家は断罪され、本物のアリーチェまで永遠に失いかねない。

彼女を失ったら、とても生きていける自信がなかった。

いずれは王位を継ぐ身、その時に隣に彼女がいなければきっと政(まつりごと)もうまくいかないだろう。

ダンテは上着の上から、ポケットの中に忍ばせた彼女の置き手紙に触れた。

（こんな小さな紙きれひとつで私の前から姿をくらまそうというのか）

そう思うと怒りすら湧いてくる。

彼女の裏切りに対する怒りであり、ちゃんと捕まえておかなかった自分に対する怒りでもある。興奮のため、ダンテの股間は痛いほど滾(たぎ)っていた。

「それで、どうされるので？」

離宮に到着して従僕に馬を預けたのち、ジュリオが尋ねた。

従僕は厩舎(きゅうしゃ)にとどまっており周りに人はいない。裏口の衛兵をやり過ごしてから口を開く。

「影の者を駆使して秘密裏に彼女を捜す。伯爵を責めるとしたらそれからだろう」

その晩ダンテは、ベッドに寝転がり目を凝らして天井を見つめていた。今日一日、周囲に対して平静を装ってはいたが、怒りと悲しみ、深い後悔と彼女を永遠に失うかもしれないという恐怖でずっと胸が苦しかった。

しかし、絶望の淵に立たされた気持ちのなかに、妙な自信もあった。アリーチェの美貌や気品は変装などでは到底隠しきれるものではなく、どこへ行っても周囲を惹きつけずにはいられないものだからだ。案外早く見つかるかもしれない。

彼女が笑えば、大輪の花が綻んだように周囲が華やいだ。彼女が歩けば人々は目で追い、声を聞けばほかの音が耳に入らなくなった。匂い立つばかりの色香は、男性のみならず女性をも虜にした。

実際に、あの舞踏会で歌い、踊る彼女を見た時は胸が張り裂けんばかりに高鳴り、気がつけば吸い寄せられるように近づいていた。ダンテはそれまで恋をしたことがなかったが、彼女の手を取った瞬間にこれが恋というものだとわかったのだ。

アリーチェはきっと見つかる。見つけ出してみせる。たとえ何年かかっても。

翌日から、ダンテはジュリオとふたりで執務室に籠った。

役人から預かった住民台帳をひっくり返しては、セルドン伯爵夫妻の親族のうちアリーチェと同年代の女性を書き留めていく。

調べていくうちに、昨日会ったおとなしそうな細身の女性が本物のアリーチェであることがわかった。

ジュリオが羽ペンを置いて椅子から立ち上がる。

「王都周辺に住んでいる伯爵の親族のうち、アリーチェ様と同年代の女性は五人ですね。ほかにマベレス市にひとり、アルダ郡にふたりいます。こちらは姉妹でしょう」

彼に渡されたリストを見たダンテは、低く唸って顎の下で両手を組んだ。

「どう思う？　どの家も大して目立った貴族ではない気がするが」

「おっしゃる通りです。いくら社交界で売り込むためとはいえ、あそこまで高価なドレスや宝石を身に着けさせる余裕はないように思えます」

ダンテは深く頷いた。

「しぐさや立ち振る舞い、気位の高さや知識からしても、彼女がかなり高度な教育を受けてきたのは間違いないな。セルドン伯爵と付き合いのある貴族はどうだ？」

「それはわかり兼ねます。伯爵は社交界の付き合いにあまり積極的ではありませんでしたから」

「だろうな。よし、そこは密偵を使って調べさせよう。それと並行して、領民のなかでもぼろ儲けしていそうな豪商あたりも調べたほうがいいだろう」

「では早速密偵と連絡を取ります」

ジュリオが部屋から出ていったため、ダンテはもう一度住民台帳を広げてみた。先ほどどちらりと見た、セルドン伯爵の親族に国外在住の者がいることが気にかかっていたのだ。

そこには国籍と名前が書かれているだけだったが、ひとつだけ気になる名があった。

「ヴァイオラ・ラスキュイーズ……」

その名前を呟(つぶや)いた時、なぜか胸のあたりがざわつくのを感じた。

ヴァイオラ・ラスキュイーズ――名は体を表すとよく言われるが、もしも今日見た名前のなかに彼女の本当の名があるとしたら、これ以外にないように思えた。

そのくらいこの名前がしっくりくる。

(まあいずれわかるさ)

その名前を頭にしっかりと焼き付けて、ダンテは台帳を閉じた。


放った五人の密偵がすべて戻ってきたのは、それから二か月が経つ初冬の頃だった。

アウデラードは広い。ましてや貴族とあれば王都のほかに郊外にも屋敷を持っていることが多く、子女がこの付近で暮らしているとは限らないためだ。

調査の結果、伯爵の国内にいる親族にも、付き合いのある貴族にも、領民のなかにも彼女らしき女性は見当たらなかった。

「となると、やはり国外も視野に入れなければならないな」

顎を掻(か)くダンテに、ジュリオが眼鏡を指で押し上げながら頷く。

「しかし国外となると、やり取りに時間がかかりますのでかなり綿密な計画が必要となりますね。セルドン伯爵がそんなに大掛かりなことをする理由はなんなのでしょうか？」

「それがわかれば苦労はない。先月君が伯爵を訪れた際にも、それとなく探りを入れてくれたんだろう？」

ダンテは年上のいとこを上目遣いで見た。

ジュリオには毎月の手当を渡す名目で、伯爵家を訪れてもらったのだ。

偽物のアリーチェはオーリスの遊び相手を放棄したままだが、支援しなければつながりが切れてしまう。

ジュリオは肩をすくめた。

「伯爵は私の顔を見るなり青くなってましたよ。ですが相手もなかなか口が堅いようです」

「そうか。しかし、何度も通ううちに相手も折れてくるかもしれない。そんなわけで財務室に寄って今月分を届けてきてくれないか」

「はい？」

さらさらと数字を書き込んだ証書を切ってジュリオに差し出すが、彼は受け取ろうとしない。

「どうして私が？　従僕か財務室の者に行かせればいいでしょう」

「この仕事は君に頼みたいんだ。それに君が行ったほうがアリーチェも喜ぶだろう？」

ジュリオの頬骨（ほおぼね）がパッと赤く染まった。

「何をお考えなんですか」

「若い娘からのほうが情報を得やすいんじゃないかという浅はかな考えだよ。この際、思い切ってデートに誘ってみたらどうだ？　君は有能な宰相だからそのくらい朝飯前だろう」

「殿下……！」

ジュリオの顔がいよいよ真っ赤になった。本物のアリーチェは彼の好みそのままの女性なのだ。

「何か共通の趣味があるといいな」

証書を無理やり押し付けると、彼は悪態をつきながらも受け取り執務室を出ていく。

ドアが閉まるのを待たずに、ダンテは執務机でポンポルトの地図を広げた。

ヴァイオラ・ラスキュイーズの名を台帳で見て以来、彼女がポンポルトの貴族の娘なのではとずっと考えている。しかもかなり高位にいる貴族だ。

ポンポルトとは国交があるものの、個人的な付き合いは深くなかった。

王太子リカルドとは同年代ということもあり時々は手紙の交換もするが、如何せん海の向こうである。

最後に会ったのは二年前の建国祭に合わせた二国間会議の時だった。彼は魔法学校で覚えたばかりの氷の魔法を披露してくれた。

ドアがノックされて、小さな影がドアのところに現れた。

「オーリス。ここへは来ちゃダメだと言っているだろう？　あとで行くから部屋で待っていなさい」

「僕、ここから先へは行かないからこの部屋にいてもいいでしょう？」

ドアの入り口付近に立ったまま動かない弟のいじらしい姿に、ダンテは胸が締め付けられた。

アリーチェと名乗っていた彼女がいなくなってから、弟はまた以前の甘えん坊に戻ったようだ。早いうちに新しい遊び相手を雇ったほうがいいかもしれない。

オーリスはドアを閉めたのち鍵までかけて、海の色をしたガラス玉みたいな目を向けた。

「兄上はアリーチェのことを捜してるんでしょ？」

「どうしてそう思うんだ？」

「こんなに必死になってる兄上は見たことがないもん」

ダンテは思わず苦笑した。

彼女がいなくなってからのオーリスの落ち込みは激しく、一時は部屋から出てこなくなるほどだった。無理やり引っ張り出して遠乗りに連れて出かけても、一緒に遊んでも笑顔を見せない弟に、兄として不甲斐なさを感じていた。

そんなある日、オーリスが従僕を連れてセルドン伯爵の家にひとりで行こうとしたため、ついに真実を話したのだ。

小さな子供に真実を教えるのは酷かと思ったが、オーリスは冷静に受け止め、それ以降は何も尋ねなくなっていた。

「こう見えてちゃんと仕事もしてるよ」

調査報告書を整理しながら言う。

「そういう意味で言ったんじゃないよ。僕、嬉しいんだ。兄上がアリーチェのことを好きでいてくれて。だから彼女の秘密を教えてあげようと思って来たの」

ダンテは手を止めた。

「秘密？　どんなことだ？」

オーリスは控室のドアに目を向けた。

「ほかに誰もいない？」

「私ひとりだ」

あのね、とオーリスがその場に立ったまま小さな手で口を覆った。

「アリーチェは魔法が使えるんだよ。簡単な魔法なら軽く手を動かすだけで使えるの。虫を使って悪い人を追っ払ったり、呪文を唱えればすっごく大きな炎も作り出せるんだよ」

「なんだって……？」

急いで執務机を回ってきたダンテは、オーリスの前に膝をつき細い腕を掴んだ。

「それは本当なのか？」

「嘘じゃないよ。岩棚でオオカミに襲われた時、兄上が来るまではアリーチェが魔法で時間稼ぎしてくれたんだもん。僕、アリーチェに『ポンポルトの人みたいだね』って言ったことがあるの。彼女は笑ってごまかしてたけど、あんなふうに魔法が使えるのはポンポルトの人くらいだよ。それもものすごく優秀な人」

ダンテは弟の曇りない眼を見つめて眉を震わせた。

そうだった。アリーチェと一番親しく、一番彼女を知っているはずの弟に、どうして何も尋ねなかったのだろうか。

「オーリス……ありがとう……ありがとう」

内から溢（あふ）れ出（で）る感謝の念に堪えかねて、細い肩を力いっぱい抱きしめる。

ダンテの胸は彼女を初めて抱いた時よりも強く拍動していた。この二か月のあいだ手探りだった暗闇に、ようやく一筋の明かりが差したように思えたのだ。

彼女はやはりポンポルトの貴族の娘なのだろう。

話す言葉や振る舞い、知識面でも違和感を覚えなかったことから、近くの国で暮らしていたことまでは容易に想像ができた。

そのうえで魔力の高さを鑑みれば、ポンポルト以外に考えられない。

ダンテの背中を小さな手が優しく叩いた。

「兄上、苦しいよ」

「ああ、すまない。話してくれてありがとう」

抱擁を解かれたオーリスは大げさに息を吐き、真面目な顔で銀色の睫毛をしばたたいた。

「本当は誰にも言っちゃダメだって言われたんだ。もしアリーチェが見つかっても僕から聞いたって言わないでね」

「絶対に言わないよ。必ず彼女を連れ戻すから信じて待っていてくれ」


オーリスのおかげもあって、その後の調査はトントン拍子に進んだ。

翌年の新緑の頃、海の向こうから戻ってきた密偵の口から告げられた名前を聞いた時、ダンテは身体じゅうの血液が全身をどくどくと駆け巡るのを感じた。

ヴァイオラ・ラスキュイーズ——ポンポルト王宮の目の前に広がる広大な敷地に屋敷を構える侯爵家の娘は、容姿端麗にして学業優秀、品行方正で魔力も抜きんでて高いらしい。

顔や姿の特徴も合致しており、その情報が確かであることがわかった。

（君はやはりヴァイオラだったんだな）

報告書を手にしたまま、ダンテはぶるぶる震えた。

オーリスの話で、彼女は相当な魔力の持ち主だとわかっていたから、きっとすぐに見つかるだろうと思っていたのだ。

彼女の素性がわかった今、一刻も早くポンポルトに向かいたくて堪らない。

話を聞く限り相当有力な貴族のようだから、結婚相手としても申し分ないはずだ。

しかし喜びも束の間、普段は感情を露わにしない密偵が気遣うようにこう告げた。

「ヴァイオラ・ラスキュイーズは国家転覆を目論む者に加担した罪で、昨年の夏に国外追放となっております。その時の行き先がアウデラードで、遠い親戚にあたるセルドン伯爵家に身を寄せたようなのです」

「なんだって……？」

目を丸くしたダンテは、深紅のビロードが張られた執務椅子にへたり込んで呆然とした。

密偵の話では、ヴァイオラは反政府勢力である一部の高位貴族と結託して武器の密輸に関わり、謀反の企てに加担した件で有罪になったとのことだった。

そのほかにも口にするのも憚られるような卑劣な行為が多数あったそうで、当時婚約していた王太子リカルドからも婚約破棄を告げられたらしい。

ヴァイオラを間近で見ていた立場としては、にわかには信じがたい話だ。

ダンテが知っている彼女は、思いやりと正義感に溢れた強い意志を持った人だった。

そんな彼女が、悪の片棒を担ぐような卑怯な罪を犯すだろうか？

「それは確かな情報なのか？」

ダンテは顔の前で両手を組んで尋ねた。

「王室に近い筋から聞いたので情報は確かです。しかし、彼女の罪状には疑念をいだく人も多かったようで、やり直し裁判を求める声も多数あがっています」

「詳しく教えてくれ」

密偵は上着から手帳を取り出して目を走らせた。

「この件に携わった役人や宮廷貴族からすると、不自然な点も多かったようです。いくら彼女が頭の切れる女性とはいえ、十七歳という若さで大人の悪事に加担するのはおかしいという意見が多数見られました。また、彼女が婚約破棄された直後に別の女性が首をすげ替えたように婚約者の座に納まったせいで、陰謀論まで噴出しています」

「なるほど……当時ヴァイオラは異議を申し立てなかったのか？」

「そのようなことはなかったそうです」

ダンテは低く唸って頭を抱えた。

国外追放という憂き目に合わせられるというのに、異議を申し立てなかったのは不思議でならない。ヴァイオラは黙って言うことを聞くようなタイプだろうか？

（どちらかというと気丈に向かっていく人だと思っていたが……）

パッとダンテは顔を上げた。

「父親のルトルド侯爵のほうはどうなったんだ？　まったくの無罪か？」

「侯爵には監督不行き届きにつき罰金が科せられたようですが、莫大な資産を持つ彼にとっては大した額ではなかったようですね。裁判の結果に不満がある貴族たちの支えもあって、侯爵の地位は未だ盤石のようです」

「そうか」

密偵がページをめくる。

「ヴァイオラ様が追放されてからも喧々諤々の議論は続いていて、現在もルトルド侯爵を排除しようとする勢力と、擁護する勢力とのあいだで事態は紛糾しているようです。リカルド王太子の結婚を間近に控えて、結婚を阻止しようとする勢力まで現れているのだとか」

「うん……なかなかポンポルトも大変そうだな。では、引き続き事件の真相について調べてほしい。彼女の身の潔白をどうにかして証明したいんだ」

「かしこまりました」

額面を書いた証書を受け取って、密偵は執務室を出ていった。

ダンテはため息をついて執務机の後ろの窓からバルコニーに出ると、遠くに見える山々を望んだ。

「君はいったいどこにいるんだ」

ヴァイオラがアウデラードから外に出ていないことは、国境に配備された関所の役人の報告からもわかっている。

国外追放を経てアウデラードに入った者については、王室が発行した特別な通行証が必要で、厳重に検分することになっているのだ。

彼女は時々、すべてを諦めたような表情を見せることがあった。

いつも気高く自信に満ちていた彼女が、一度だけ弱気なことを口にしたことがある。

キヴィ侯爵の領地で過ごした際に出かけたトバル湖のほとりで、『いつかはこんなところで、ひとりひっそりと死にたい』と……

その言葉がずっと心に引っかかっていた。

その時の彼女の横顔があまりに物悲しく、美しい景色のなかにうっとりと揺蕩(たゆた)っているようで、本当に実現してしまいそうな恐ろしさがあったのだ。

(君は緑あふれる自然に満ちたところでまどろんでいるのか？　私を忘れて……？)

ダンテは奥歯を噛(か)みしめて、執務室に戻り大股で横切った。

今は平時で兵も従僕も暇を持て余している。できるだけ大勢で彼女を捜すのだ。

……いや、彼女が暮らしていそうな城を探す。

風光明媚(ふうこうめいび)で静かな場所にある廃城を、片っ端から。

「ただちに中庭に人を集めてくれ。これより大規模な捜索に向かう！」

勢いよくドアを開けたダンテは、衛兵の横を通り過ぎつつ指示を飛ばした。

ブーツの踵(かかと)を強く鳴らして歩きながら、ダンテの心は執念と情熱で赤々と燃えている。

(ヴァイオラ・ラスキュイーズ……君がどこへ消えようとも、地の果てまでも追いかける)

＊　＊　＊

命を終えた葉が幾重にも折り重なる落葉樹の森に、ヴァイオラはいた。

森の緑を映したような瞳の先には、馬と見紛う大きさの黒々した塊があった。

ヴァイオラのふくらはぎほどもある立派な牙を振りかざして迫ってくるのは、この森の主であるイノシシだ。

あたりには強烈な獣臭が漂い、低木は次々になぎ倒され、草が踏み荒らされている。

ヴァイオラは目下、この巨大なイノシシと交戦中なのだ。

「さあ、かかってきなさい！」

魔法詠唱を終えたヴァイオラが両手を振りかざした瞬間、手の周りがポウ、と白く輝いた。

ドドッ、という土を蹴る音が迫り、ヴァイオラの両手から幾つもの氷の槍が放たれる。

鋭く空を裂いた刃はイノシシの頭をかすめ、森の奥へと吸い込まれていく。イノシシは攻撃を巧みによけたのだ。

「さすが速いわね」

イノシシはすぐに折り返してふたたび突進してきた。ヴァイオラは黒い塊に吹き飛ばされたかに思えたが、そうはならなかった。

イノシシからだいぶ離れた場所で、ふふ、と軽やかな笑い声が響く。

ヴァイオラはもとからその場所にはいなかった。空気中の成分に手を加えて、幻の自分の姿をイノシシに見せていたのだ。

決着がついたのはそれから間もなくのことだった。ヴァイオラの両手から放たれた冷気のベールが一瞬にしてイノシシを凍らせ、仮死状態にしたのだ。

氷漬けになったイノシシが、ズズーンと地鳴りのような音をさせて草の上に倒れた。

「ああ、なんてことでしょう。ポンポルトで無実の罪を着せられなければ、お嬢様がこんなことをするまでもありませんでしたのに」

帰りの馬車の中で、サリダはガラガラという車輪の音に負けじと泣きわめいていた。

こうなることがわかっているから城で待つようにといつも言っているのだが、ついていくと言って聞かないのだから呆(あき)れてしまう。

「もう、サリダったら。ここへ来てもう一年が経つのよ？　いい加減この暮らしにも慣れてくれなくちゃ困るわ」

慌てた様子の彼女が涙でぐちゃぐちゃになった顔を上げた。

「わたっ、わたくしだって慣れることができたらそんなに楽なことはありませんわ。いえね、田舎暮らしが嫌だというわけじゃないんです。虫や蛇にも慣れましたし、夜中にどこかでオオカミが遠吠(とおぼ)えしたって、目を覚ましてまた眠るくらいにはなりましたわ。ええ、頭ではわかってるんです。でも、泣く子も黙るルトルド侯爵家のヴァイオラお嬢様がこんな――」

「しっ。その名前を口にしちゃダメよ」

ヴァイオラは向かい側の席からサリダの手を掴み、唇に人差し指を当てた。

サリダは鼻を啜って何度か頷いた。

「そうでしたわね、エレナお嬢様。口が過ぎましたわ。申し訳ありません」

「いいのよ。あなたには感謝してもしきれないほどなんだもの。でも私は大丈夫だということもわかってほしいの。今はずっと望んでた素敵な暮らしができてとても幸せよ」

あの日、アウデラードをあとにしたヴァイオラは、地図を片手に点々と都市を回った。人づてに理想の条件下にある廃城の情報を聞き出し、実際に見にいってはまた次の街へと移動する日々。

希望する物件を探すのは骨が折れたが楽しい旅でもあった。贅沢(ぜいたく)をしても一生困らないだけの路銀を持たせてくれた両親には、改めて心から感謝した次第だ。

ようやく目指す物件にたどり着いた時には一年が経過していた。

ヴァイオラは今、年間を通じてあたたかく爽やかな気候の高原にある城で暮らしている。

背後には一年中雪を被った峻峰(しゅんぽう)がそびえ、目の前には美しい湖が広がり、見渡す限りの草原に囲まれた長閑(のどか)な場所だ。

王都から遠く離れたここまでは、王室や宮廷貴族たちの華やかな話題も届かない。

そんな最高のロケーションにある古城は、築四百年のこぢんまりした石造りの建物だった。

城本体は二階建てだが、鐘楼と塔がふたつ、いくつかある離れのうちひとつは礼拝堂になっている。

「お帰りなさいませ、奥様」

馬車が跳ね橋を通過すると、恰幅(かっぷく)のいい白髪頭の執事がやってきて頭を下げた。

「ただいま。従僕にイノシシの解体を頼んでもらえるかしら」

「かしこまりました」

執事の手を借りて馬車を降り、まっすぐに庭園へ向かう。

動物を狩ったあとは気持ちを落ち着かせるため、ひとりになる時間が必要なのだ。

青や紫の花が咲くハーブが植えられた通路を進むと、蔓(つる)バラの巻き付いたアーチをくぐったところに、こぢんまりとした庭園が現れた。

この城を買い取った時、庭園は当然のごとく荒れ果てていた。

レンガで仕切られた花壇には雑草がはびこり、庭園をぐるりと囲む木はほとんどが枯死(こし)していて、折れて垂れ下がった枝がぼろをまとった亡霊のように揺れていた。

それをヴァイオラは、庭師とともにいちから作り直した。左官を呼んで柵や塀、仕切りを作って気に入りの花を次々に植え、一年後には美しい庭へと生まれ変わらせたのだ。

美しく咲き誇る花々を眺めながら庭園の端まで歩き、城の裏手に広がる牧草地帯を望む。

どこまでも続く空の下、青々した草を野生の馬がゆっくりと食(は)んでいた。

その先の丘のふもとにある湖には光の粒がさんざめき、雪渓を抱える切り立った山に守られている。

ここはヴァイオラにとって理想郷だった。

いつかダンテに、こういう場所でひっそりとひとりで死にたい、と話したことがあった。

若いうちにここを見つけられたのは幸せなことに違いない。

(彼は今頃何をしているかしら)

遮るもののない高い空を見上げてため息をつく。

執務室で書類とにらめっこをしているだろうか。それとも庭を散歩しているだろうか。

どこかの森で狩猟大会の獲物を追いかけているかもしれないし、いつか行った美しい湖畔のようなところを歩いているかもしれない。

しかし、ダンテがどこで何をしていても、想像上の彼の隣にヴァイオラはいなかった。

いるのは美しく着飾った高貴な女性だ。

彼が結婚相手を選ぶのは秒読みと言われていたあの日から、もう二年が経っている。

(そうよ。子供だっているかもしれないわ)

ゆっくりと踵を返して元来た道を歩き始めた。

今でも彼のことを思わない日はなかったけれど、めそめそするのはとっくにやめた。

ヴァイオラは城の主となったのだ。

こんな辺鄙（へんぴ）なところまでついてきてくれたサリダや、よそからやってきた自分をあたたかく支えてくれる使用人たちのためにも、しっかりしなくちゃならない。

城に戻ると執事が手紙を携えてやってきた。……といっても、ほとんど人付き合いをせずひっそりと暮らすヴァイオラには、手紙のやりとりをする相手はいない。

渡された封書は近くの街——といっても、馬車で一日かかるドレス店からの一通のみだった。

玄関広間を歩きつつ手紙を広げた時、正面玄関の門の外でいきなりファンファーレが響いてビクッとした。

「な、何かしら?」

ヴァイオラは同じように驚いている執事を見たのち、玄関を凝視して耳を澄ませた。

こんな田舎で楽器の音を聞くとは思わなかったから、鼓動が早鐘を打っている。

「どこかの位が高い貴族が来られたのでしょう。急いで門を開けなくては。衛兵!」

小走りに玄関へ向かう執事と従僕たちに、ヴァイオラも続いた。

ごつごつと音を立てる自分の足元を見れば、狩猟用のドレスとブーツのままだ。

(嫌だわ、私ったら。でもいいわ。お客様を待たせるわけにいかないもの)

従僕がドアを開けた正面玄関の向こうで、ギッ、ギッと音を立てて跳ね橋が下りていく。

橋の角度が下がるにつれて見えてきた馬や馬車は、想像していたような豪華なものではなく、飾り気のないこげ茶色の馬が数頭と二頭引きのシンプルな馬車が一台だけだった。

馬車の後部から降りた従僕がこちらに向かってやってくる。

ヴァイオラは普段客を出迎える時にそうしているように、羽飾りのついた鍔のある帽子を深くかぶった。

「こんな格好のままで失礼します。ついさきほどまで出かけていたものですから。それで、どちら様で……？」

しかし、客の従僕が答える必要はなかった。ヴァイオラが顔を上げた瞬間に、ちょうど馬車から出てきた主の男の姿が目に入ったからだ。

男は優雅な身のこなしでタラップを下り、清冽な流れのごとき白銀の髪をなびかせて近づいてきた。

「恐ろしい魔女がいるという城はここかな？」

男が城の入り口までやってきて、完璧なまでに魅力的な笑みを浮かべた。

月をも嫉妬させる美しい顔立ちと、凛々しくも数多の勲章が胸に輝く漆黒の軍服。

ヴァイオラの前に突如として現れたのは、もう二度と会えないと思っていたダンテその人だった。

（嘘……どうして……？）

ヴァイオラは顔を隠すのも忘れてガタガタと震えだした。

「お、お嬢様……！」

足元のおぼつかないヴァイオラの腕を、いつの間にか隣にやってきたサリダが支える。

実際に、彼女に支えられなければその場に倒れていただろう。

そのくらいにヴァイオラは動揺し、心臓が激しく拍動していた。

「大丈夫か？」

ドアの中まで入ってきたダンテがヴァイオラを覗き込むが、すかさず執事があいだに入った。

「失礼ですが」

「この方は王太子殿下でいらっしゃいます」

厳しい顔で咎めるサリダに、執事はびっくりした顔つきで引き下がった。

こんな辺鄙なところまでは王室や政府の動きも届かず、勲章や紋章の意味もわからないのだ。

「さ、お嬢様こちらへ」

サリダと近くにいたメイドに抱えられて、ヴァイオラは玄関広間の隅に置かれた来客用の長椅子に腰かけた。

目を閉じてはいたが、サリダと執事が使用人を持ち場に下がらせる声は届いていた。

「さ、お嬢様。これをお飲みになればスッキリしますわ」

サリダが差し出したのは、気付けに使われる柑橘を絞ったジュースに、甘みとスパイスを加えたものだ。

グラスをあおってヴァイオラは顔をしかめた。

喉がスーッとする刺激と香りに一瞬で気持ちがシャキッとする。

近づいてきたダンテが、心配そうな顔で目の前に跪いた。

「すまない。驚かせてしまったか」

「もうよくなりましたわ」

立ち上がったヴァイオラは彼を見ないようにして背を向けた。

「遠いところをようこそいらっしゃいました。少し庭園を歩きませんこと？」


数分後、ヴァイオラはダンテと並んで庭園の小径を歩いていた。まさかこの庭を彼と一緒に歩くなんて想像もしていなかったから、胸が激しくざわめいている。手脚も震えている。

二年ぶりに見る彼は相変わらず麗しく、一緒にいてもどこを見ていいかわからなかった。

使用人を含めて、この辺りの住民にはこんなに背の高い立派な体格をした人はいない。

こんなに目を惹く人も、声が心地いい人もいない。

ありふれた茶色の馬の集団に、白銀の毛並みをもつ美しい駿馬が紛れ込んだみたいだ。

ダンテは手を後ろで組んで歩きながら口を開いた。

「ここはかつてデミル侯爵の城だったそうだな。でもずいぶんと長いこと放置されていたようだから相当荒れていただろう。君が手入れしたのか？」

（そこまで知ってるのね）

「ええ。城のあちこちを修理しましたし、この庭もほとんど一から作り直しました」

「とてもいい庭だ。どのくらいかかった？　時間の話だが」

ヴァイオラは口の端を上げた。

「ありがとうございます。手入れを始めてから一年といったところですわ。まだ完成したばかりですの」

ダンテがすうっと息を吸った。

「一年か。一年前には君はここにいたのか」

ヴァイオラは帽子のつばから彼を盗み見た。

ダンテの目はヴァイオラが毎日手入れしている花など見てもいず、どこか遠くを向いている。

つい見とれていたことに気づき、慌てて視線を引き剥がす。

「さっきは驚かせて悪かった。事前に君に知らせたくなかったんだ。理由はわかるな？」

「ええ。またどこかへ雲隠れするのでは、とお思いになったのでしょうね。もし手紙を受け取っていたら……いいえ、わたくしもどうしていたかわかりません。この城を見つけるにもだいぶ骨が折れましたから」

ダンテは花壇に咲く赤いバラの花びらを指で撫でた。

「こんなところじゃ暮らすにも大変だろう」

「近所の農民たちよくしてくれますわ」

「冬は雪で道が閉ざされるだろう？」

「ええ。ですから夏のうちにいろいろと備蓄しておくのです。肉を塩漬けにしたり、野菜や果物を干したり。私も手伝いますけれど、案外楽しいものですわ」

ダンテの眉間に一本皺が寄った。

「君みたいな女性は塩漬け肉なんかじゃ満足しないだろう？」

「城の裏手には家畜小屋もありますから冬でも柔らかいお肉が食べられるんです」

彼が胸を膨らませた。

「私は君のそういうところが大嫌いだ」

「はい？」

ヴァイオラは一瞬耳を疑い、ダンテを見上げた。

氷のように冷たいアイスグレーの瞳が遥か高みから見下ろしている。

「そうやってああ言えばこう言う。取り澄ました顔も冷静な態度を崩さないところも気に入らない」

「ではどうしてこんなところまで来られたんですか？　わざわざ嫌な思いをするために？」

「君に会いたいからに決まってるだろう」

ヴァイオラは返す言葉を失い、唇を引き結んだ。

「二年だ」

険しい顔をしたダンテが語気を強める。

「正確には一年と十か月だが、君がいなくなってから散々探し回った。やっと君がここにいるとわかって、はるばる王都から旅してきたんだ。どうして勝手にいなくなった？」

「それは……」

氷の剣のごとく鋭い視線に射貫かれて、ヴァイオラは唇を噛んだ。

言い訳を考えるには時間がなさすぎる。彼はどこまで知っているのだろう？

「黙っていたらわからないよ、アリーチェ。……いや、もうその名前で呼ぶのはよそう。君の本当の名前を教えてくれ」

ヴァイオラはダンテから視線を外した。

「ここまでいらっしゃるくらいですからもうご存じなのではなくて？」

「君の口から聞きたいんだ」

真剣な顔つきで尋ねるダンテからは、絶対に折れるまいという強い意志を感じる。

観念したヴァイオラは深く息を吐いて口を開いた。

「ヴァイオラよ。ヴァイオラ・ラスキュイーズ」

「ヴァイオラ・ラスキュイーズ。それが君の名前なんだな？」

「ええ……きゃっ！」

頷いた瞬間にいきなりきつく抱きしめられて、足が地面から浮いた。

逞（たくま）しい腕で締めつけられるあばらが、めりめりと音を立てている。

「ヴァイオラ……ヴァイオラ……ああ、やっと……やっと君を本当の名前で呼べた……！」

「待って、苦し……放して！」

「放すものか。もう二度と放さない」

（ああ……）

ヴァイオラは宙ぶらりんになった足をばたつかせていたが、やがて諦めて彼の背中を抱きしめ返した。こうしてまた抱き合えるなんて信じられない。

（私は夢を見ているの？）

一瞬自分を疑ったが、骨が軋む痛みと息苦しさがこれは現実なのだと伝えてくる。

「ヴァイオラ……君に会いたくて堪らなかった」

ダンテが頬ずりをしてきて、ヴァイオラの頭から帽子が落ちた。

彼は泣いていた。

ヴァイオラも込み上げてくる様々な思いに耐えかねて、ぽろぽろと涙を零した。

二年前、アリーチェと呼ばれていた時は自分であって自分じゃなかった。

ダンテが本当の名前を呼んでくれた瞬間に、やっと長い霧の中から抜け出せた気がする。

彼は背を向けて涙を拭い、もう一度ヴァイオラを抱きしめた。

「君がいつほかの男のものになってしまわないかと気が気じゃなかった。結婚はしていないんだろう？　婚約は？」

「いいえ。あなたのような立場の人がそんなことを気になさるんですか？　望めばなんでも手に入るでしょうに」

ダンテが潤んだ瞳で首を横に振る。

「私がほしいのは君の心だけだ。君以外見えない。君以外の女性はいらないんだよ」

そう言うとダンテは、いきなり激しくヴァイオラの唇を奪った。

二年ものあいだ誰も触れることを許さなかった唇だ。

彼の唇が触れただけで火傷しそうに感じたし、息ができないような錯覚にも陥る。

ヴァイオラは彼の唇から逃れようと身体を捩った。

「じっとしててくれ」

ダンテはキスの合間に荒い息遣いで言って、またヴァイオラの唇を痛いほど貪った。

唇を強くこすりつけたかと思うと、噛みつくように大きく口を開けてヴァイオラの唇を食み、舌をねじ込んで口内を蹂躙する。

まるで野獣のような獰猛な口づけにヴァイオラは息も絶え絶えになった。

全身の力が抜けて立っていられない。ダンテが力強い腕で支えていなければ。

「君に会いたくて仕方がなかった。まったくバカみたいだ。王太子の身で二か月も城を空けるなんて」

一度唇を離した彼は、情けない声で言ったのち、また口づけを始めた。今度はヴァイオラの頬を両手で持ち上げて、唇をすぼめて上から吸い立てる。

ヴァイオラはだんだんおかしくなってきた。本当に、近隣国家が恐れをなすほどの大国の王太子のくせに、素性の怪しい女性ひとりにこんなに夢中になるなんて。

次に唇が離れた時、ヴァイオラはくすくす笑っていた。

ダンテの胸に両手を当てて首が痛くなるほど上を向く。

「城は誰かに任せてきたんですか？」

「ジュリオに。今頃父上はおかんむりだろうな」

「きっと前代未聞でしょう。あなたの宰相にはたんまり弾んであげないといけませんわね」

ダンテは優しい顔つきで、まだ笑っているヴァイオラの額を撫でた。

「そうやってやり込められたくて仕方がなかった」

「でも、嫌いなのではなくて？」

「ああ、嫌いだ。でも同時にそんなところも愛しくて堪らないんだよ。この二年のあいだ、私がどんな思いでいたか君は知るまい。一緒に王都へ戻ってくれるな？」

ダンテが真剣な目で見つめてきたため、ヴァイオラは笑うのをやめて顔を背けた。

「わたくしは戻りません。こういうところでひっそりとひとりで死にたいといつか申し上げたはずですわ。あなたには王太子としての人生があるように、わたくしにはわたくしの人生があるのです」

「違う。君の人生は私のためにある。私の人生も君のためにある」

ダンテはきっぱりと言って跪き、ヴァイオラの手を取り恭しく見上げた。

「岩棚から落ちそうになっている君を見つけた時、それから、君が書き置きを残していなくなった時……永遠に君を失うかもしれないと知って生きた心地がしなかった。私の魂は二度も死んだんだよ。もう君なしでは生きられない。言ってくれ。私を愛していると」

「殿下」

彼の必死な様子にヴァイオラの胸に熱いものがこみ上げた。

大国の王太子ともあろう人が剥き出しの地面に跪いて愛を乞うている。なんの身分も持たない私に。国を追われてきた私に。鼻がツンとして目の前がぼやける。

「私は――」

「頼む」

かすれた声でダンテが言った時、ついにヴァイオラの目から涙が転げ落ちた。

「私には……あなたの求婚を受ける権利はありません」

ついに我慢ができなくなり、ぽろぽろと涙を零した。

今にも崩れ落ちそうなほど胸が苦しくて、声を抑えてむせび泣くのがやっとだ。

彼を心から愛している。愛しているからこそ、ふさわしい身分の女性と結婚して幸せな人生を歩んでほしいのだ。

「なぜそんなことを言うんだ？」

無言で俯くヴァイオラの手を握る彼の手に、グッと力が込められる。

「君がポンポルトを追放になった身だからか？」

「えっ……？」

ヴァイオラは涙でぐちゃぐちゃになった顔で、強い意志の籠ったダンテの双眸を見つめた。

「驚いているようだが、君のことはもうなんでも知っている。私は何があったかすべて知ったうえで君に結婚を申し込んでるんだ」

ヴァイオラはぶるぶると震えながら後ずさりした。

追放を受けたことを彼はもう知っている？

あんなにひた隠しにして、彼に見つかるまいとして離宮を離れて、浮草のような二年間を送ったというのに。

しかも、結婚の申し込みまでしてくるなんて。

よろめいたヴァイオラはダンテに支えられて近くのベンチに腰掛けた。

「顔色が悪い。メイドか従僕を呼んでこよう」

立ち上がろうとする彼の手を掴み、首を横に振る。

「私は大丈夫ですから……ここにいてください」

ダンテは自分の胸にヴァイオラを寄りかからせ、落ち着くまで肩をさすった。

彼の胸は広くてあたたかくて、冬の夜に羽根布団に包まれているような安心感がある。

かなりの時間が過ぎ、中天にあった太陽が傾きかけた頃ようやくダンテが口を開いた。

彼の口からは、彼が知っているはずのないヴァイオラに関する情報が事細かに語られた。

魔法学園の学生だったことや、リカルドとの婚約が内定していたこと、婚約が破棄されたのち、リカルドとマリエルの婚約が決まったことなど……

生い立ちからポンポルトを出るまでのありとあらゆることを知っているようだ。

「密偵からもたらされた罪状は聞くに堪えない下劣なものばかりだったが、君がそんなことをする人じゃないということは私がよく知っている。嵌められたんだな？」

ヴァイオラは少し考えてから彼の胸の中で頷いた。

「もちろん私は何もしていないと誓って言えます」

ヴァイオラほどの才覚と父の宮廷での力があれば、判決を覆すことは可能だったと思う。

しかし『はなおと』のストーリーを変えたくないがために、強い抵抗をしなかったのだ。あの時は父も貿易の仕事で外国を飛び回っていて分が悪かったというのもある。

王都を離れてからというもの、そのことを後悔したことは一度や二度ではなかったし、ダンテを巻き込んでしまったことを猛省していた。もっとも、あの時はまさか異国の地で最推しの人とこんなことになるとは思ってもみなかったのだが……

「こんな辺境まではポンポルトの情勢など届かないだろうが、今あちらは大変なことになっているそうだ。君が無実の罪で裁判にかけられたことを不当として、ルトルド侯爵と彼を支持する貴族で捜査と裁判のやり直しを求めているらしい」

「そんなことが……?」

「ああ。私も君の身の潔白を証明するためになんでもするつもりだ。だから——」

ベンチから下りたダンテはもう一度ヴァイオラの前に跪いた。美しいアイスグレーの瞳を日の光に輝かせて、挑むような目で見上げる。

「ヴァイオラ・ラスキュイーズ。改めて君に結婚を申し込みたい。私を信じてくれるならどうか首を縦に振ってくれ」

ヴァイオラはごくりと唾をのんで、差し出された手と真剣な表情をした彼の顔を交互に見た。この手を掴んだら、想像していた未来はまるで別のものに塗り替えられるだろう。

部屋を飾る花は小さな野花ではなく大輪のバラに、着る服は簡素なドレスや狩猟服ではなく豪華なドレスに、そして緑溢れる長閑な景色は、金銀宝石で彩られた色鮮やかな世界へと変わるのだ。

ヴァイオラにとって田舎暮らしは夢だったが、ダンテと出会ってしまった今では、彼と一緒でなければ何をしても自分が完全ではないように感じた。

まるで魂の半分をどこかに置いてきてしまったよう。離宮を離れてからずっと、人知れず喪失感と闘ってきたのだ。

「はい。ヴァイオラはあなたの妻になります」

ダンテの手のひらに自分の手をのせた瞬間、彼の胸が膨らむのが見えた。

美しいアクアマリンの瞳が零れ落ちんばかりに大きくなる。顔をくしゃりと歪ませて立ち上がったダンテは、ヴァイオラを立たせて思い切り強く抱きしめた。

「ああ、ヴァイオラ！　ヴァイオラ！　……よかった！　本当に……‼」

また息が止まるほど力ずくで抱きしめられて、ヴァイオラは呼吸を確保しようとダンテの肩を必死に押した。

彼は時々自分が怪力の持ち主だということを忘れてしまうようだ。

「ありがとう。正直半信半疑だった。ああ……本当に」

抱擁を解いたダンテは興奮冷めやらぬといった表情で胸に手を当てた。

今度は彼が泣く番だった。ベンチに座り目元を手で押さえる彼の背中をヴァイオラが抱きしめる。こんなに大きな背中をしているのに、案外泣き上戸らしい。

「あなたほどの人でもそんなふうに思うのね」

「君にどう思われているかと気が気じゃなかったんだ。君はいつでも素っ気なかったし、たくさんの人を巻き込んで長い時間かけてここまでやってきて、断られたらどうしようかと重圧を感じていた」

ヴァイオラが差し出したハンカチで目元を拭いながら、ダンテが自嘲的な笑みを浮かべる。

彼は濡れた銀色の睫毛をしばたたいた。

「本当にいいのか？　形だけの結婚であれば無理をする必要はない」

「いいえ。……ごめんなさい。強がってたけど、私はあなたが大好きなの。ずっとずっと前から、あなた以外は見えなかったの」

嘘偽りのない言葉だった。彼に出会う前から、なんなら、この世界に生を受ける前から続く気持ちだ。

ダンテは逞しい腕でヴァイオラを膝の上に抱き上げて、しっかりと抱きしめた。

「ヴァイオラ……愛している」

「私もよ。あなたを心から愛してます」

ようやく通じ合った気持ちを噛みしめるヴァイオラの髪を、庭園を吹く風が優しく揺らしていた。


まだ新しい木材の匂いのする寝室のドアが叩かれたのは、その晩遅くのことだった。

ダンテは片手でヴァイオラを抱きしめた。ボタンを開けた彼の胸からは石鹸と深い森のような香がしている。ふたりとも湯あみを済ませていた。

「はじめにこれを渡すべきだったな」

ドアを閉めると同時に花束が差し出されて、ヴァイオラは目を丸くした。

薄紙で丁寧に包まれ、真っ赤なリボンまでかけられた白い花束は、あの岩棚にあった山百合ではないか。花はぴんとしていて、ざっと見ただけでも十本はありそうだ。

「この花……！　しかもこんなにたくさん？　めったに咲かない花なのではなくて？」

かぐわしい芳香を放つ花の匂いを胸いっぱいに吸い込む。

「花の種を離宮に運んで私が育てたんだ。オーリスも時々は手伝った。これだけあれば私の思いが伝わるだろうか」

「完璧に伝わってきたわ。でもこんなに生き生きしているのはどうしてなの？」

「ここまでは鉢植えにして持ってきて、水をやりながらもたせたんだ」

「切り立ってってことね。とっても素敵……ありがとう」

ヴァイオラは伸び上がって彼の首筋にキスをしたのち、洗面室のドアを開けた。水を張った花瓶に花束を挿していると隣にダンテが並ぶ。

「あれからオーリスはどうしているの？」

「君がいなくなってからしばらくはめそめそしていたよ。弟もついてくると言って聞かなかったんだが、さすがにここまでは連れてこられない」

ヴァイオラは茎の下のほうに生えた葉に鋏（はさみ）を入れた。

「それに、兄弟のどちらもいなくなったら誰かに国を乗っ取られるかもしれないものね」

「君は時々恐ろしいことを口にするな」

「もちろん冗談です」

花瓶を持とうとすると、ダンテが手を差し出した。

「私が運ぼう」

ヴァイオラの希望で花瓶は日当たりのいい窓辺に置かれることになった。淡いピンク色の壁に合わせてカーテンをダークローズにしたため、白い花の色が美しく映えている。

ダンテが育てたこの花をいつまでも眺めていたかったが、そうはいかなかった。

「そろそろ私のことも見てほしいんだが」

力強い腕でひょいとヴァイオラを抱き上げたダンテが、蠱惑的(こわくてき)な目で囁く。

カーテンと同じ色の布が掛かるベッドに連れていかれ、優しく横たえられた。

「もうこんな時間だというのにずいぶんきちんとした格好をしているんだな」

ダンテは襞(ひだ)のたくさん寄ったドレスの腹部のあたりを撫でている。少し不服そうなのは胸元がリボンで編み上げられているからだろうか。

「あなたが来ると知っていたからお気に入りを着たのよ」

「よく似合ってるよ。君の美しさが際立ってる」

ヴァイオラの胸を飾るリボンを、ダンテは根気よく解き始めた。

いつも仰向(あおむ)けで寝るため、夜着のリボンはすべて前面につけるようにしている。彼は時々唸りながら額の汗を拭った。

「今日はドレスを破かないのね」

「本当は破りたくて仕方がないんだが、お気に入りだというので我慢してる。必死の思いでね」

「助かるわ」

リボンが解かれると一気に胸が楽になった。しかしダンテはすぐに脱がさず、ベッドに横たわるヴァイオラの姿をまじまじと見つめた。

薄く唇を開いて、ハニーブロンドに輝く髪をすくっては眺め、眉を親指で撫でて、指の甲をそっと頬に滑らせる。

「君は本当に美しい。この顔をどれほど見たかったことか」

「私もあなたのことを思わない日はありませんでした」

「本当か？」

「ええ、もちろん」

彼は小さく笑い、冷たそうなアイスグレーの瞳で情熱的にヴァイオラを見た。

ダンテの指がヴァイオラの唇をゆっくりとなぞり、顎を通って喉を下りる。その間ずっと彼の鋭い視線に捉えられたままだ。ヴァイオラは無意識に下腹部に力を込めた。

「私が君を抱くことを毎晩のように夢想していたと言ったら軽蔑するか？」

指が鎖骨に沿って滑る。ヴァイオラは唾をのんだ。

「いいえ」

「君も私の裸を想像したのか？　私の盛り上がった胸や腹のへこみ、それから、その下にある雄の象徴とか……」

「ええ……ええ」

ヴァイオラは恥ずかしくなって目を閉じた。

ダンテの手のひらが透けそうなほど薄いドレスの上を這う。彼の手が胸をかすめた時、思わずびくりとして吐息が洩れた。

（ああ、私……）

大きな手が胸の頂の上を通過するたび、脚のあいだが痛いほど疼いた。

自分の意志とは関係なく秘密の場所がひくひくと震える。無意識に太腿をこすり合わせる。

「君は――」

耳に吐息がかかり、彼が唇を寄せてきたのがわかった。

「私の雄の部分が君を求めていきり立っているところも想像したのか？　どくどくと滾ったものが君の中に入ってくるところも」

「ええ、そうよ……私の中であなたが暴れるのも想像したわ」

「ああ……」

興奮したようなダンテの声がヴァイオラの耳をくすぐる。

「その時君が濡れたのか気になって仕方がないんだ。私を思って自分の指で慰めたのか、私に犯されることを想像しながら達したのか」

ヴァイオラが目を開けると、ダンテは眉間に皺を寄せてはあはあと喘いでいた。

彼はヴァイオラの腰や腹部を荒々しい手つきで撫で回し、睨みつけながらドレスの上から乳首を噛む。

ヴァイオラは堪えきれずにダンテの頭を抱きしめた。

「私――」

渇いた喉をごくりと鳴らす。

「私、ずっと……淋しかったの……」

「ヴァイオラ」

ダンテは顔を上げると同時にヴァイオラの頭を抱え、性急に唇を奪った。

強く押し当てた唇でヴァイオラの唇を吸い、ねじ込んだ舌で口内をまさぐる。

彼の息遣いは手負いの獣のようだった。荒々しく息をつき、首をくねらせながら夢中でヴァイオラの唇を貪る。

彼の口づけからはこの二年のうちに募らせた思いや不安、焦り、欲望がまざまざと伝わってきた。

それをヴァイオラは同じ気持ちで受け止めた。彼の髪をくしゃくしゃとかき乱しながら、熱い口内に舌を突き立て、絡ませ、味わい尽くす。

しかし、いくら口づけても渇きは癒されない。燃え上がった欲望の火は、もう口づけだけでは消すことができないところまで来ている。

腰を撫で回していたダンテの手がドレスをたくし上げた。

かさついた大きな手がヴァイオラの生身の太腿を撫でたが、彼は激しく欲情しているにもかかわらず、焦らすように際どい場所をからかっている。

ヴァイオラは焦れて腰を捩った。そこに触れてほしい。触れてくれなくちゃ困る。すぐに触れてくれなければ死んでしまいそうだ。

「お願い」

ヴァイオラは唇を離してダンテの首を引き寄せた。男らしく骨ばった指が下草に触れる。直後に彼の指がいきなり蕾を探り当て、びくんと腰が跳ね上がった。

「ああっ……！」

ダンテは蜜を纏った指で秘裂を苛みながら、口を開けて喘いでいるヴァイオラを見つめた。彼の目は瞼をほとんど閉じてしまいそうに細くなり、鼻孔は広がっている。ヴァイオラの反応やよがる様子をひとつも見逃すまいとしているようだ。

「硬くなってきたよ」

円を描くように指を動かしながら耳元で囁く。

「気持ちいい？」

「あっ、はあぁん……っ、んんっ、気持ち、いいっ」

とんとんと指で優しく叩かれて、ヴァイオラの腰をぞくりとしたものが這った。あまりの心地よさに顔がだらしなく緩んでしまう。

見られまいとして背けた顔を、ダンテが容赦なく覗き込んでくる。

足元からはくちくちと卑猥な音が高らかに響いていた。

ヴァイオラは脚を閉じようとしたが、膝で押さえつけられていてかなわない。

「や……、はっ……あんっ」

ヴァイオラはかぶりを振って唇を引き結んだ。もう涙目だ。今にも達してしまいそうなほど昂っていたが、こういう時に彼が入ってくるともっと気持ちがいいことはもうわかっている。

「ねえ、お願い」

喘ぎながらねだるヴァイオラの唇をダンテが軽く吸った。

「まだだよ。まだ君を味わい尽くしていない」

ダンテは熱のこもった眼差しで見つめてきて、広く開いたドレスの襟から零れたヴァイオラの乳房を押し包んだ。豊かに実った白いふくらみは、熟れた果実みたいに優しく揉まれ、手の中で形を変える。

「はあん……っ」

指先で乳首を弾かれたら、絶頂の手前で宙ぶらりんにされた秘所がトクンと震えた。思わず太腿を合わせる。身体の奥でくすぶる耐え難い欲求に突き上げられて、勝手に腰が揺れる。

「ダンテ」

白銀色に輝く頭を引き寄せて、ヴァイオラは彼に口づけた。ダンテの唇に押し付けた舌はすぐに迎え入れられ、肉厚の舌で絡め取られる。

彼の舌を剛直に見立てて、ヴァイオラは夢中で吸い立てた。唇でしごいたり、舌を回して先端を舐めたり、舌先でちろちろと先端をくすぐったりする。

「ヴァイオラ」

吐息まじりに囁いたダンテが、ヴァイオラの太腿に股間をすりつけてきた。彼の身体の中心部が凶悪なまでに張り詰めていることに、ヴァイオラは喜びを感じた。生身の太腿をブリーチの外までしみた切ない露がしとどに濡らす。

「君は悪い子だな」

上気し、興奮した顔つきのダンテが起き上がり、自分のシャツを引き剥がして投げ捨てた。彼は怒ったような顔だ。ブリーチの中心を雄々しく膨らませた姿に、ヴァイオラの胸は激しく高鳴った。

ダンテがブリーチの前立てを外すのを、ヴァイオラはドキドキしながら見守っている。

「君も手伝ってくれ」

彼に請われてヴァイオラは反対側のボタンを外しにかかった。

このフラップはどうしてこうもたくさんボタンがついているのだろう。さっきドレスの胸元のリボンを解いていた彼の気持ちが今ならわかる。

フラップが外れてさらに下着が下ろされると、中から赤黒く怒張したものが飛び出した。目の前で己を誇示するかのごとくそそり立つそれを、ヴァイオラは崇めるように両手で包む。彼がこんなにも大きいのを忘れていた。

「ああ……ヴァイオラ。私を殺す気か」

ダンテが天を仰いでため息を洩らす。

「あなたが望むなら」

ヴァイオラは手の中で力強く撥ねる剛直に顔を近づけ、露が滲んだ裂け目にキスをした。ダンテが呻き声をあげて腰がびくりと揺れる。

唇についた体液を舌で舐めると、少し塩辛くて、妙に官能を揺さぶる匂いがした。その匂いと手のひらに感じる体温が、彼はちゃんとここにいるということを実感させる。

裂け目に滲んだ露を指ですくい、赤く膨れた先端に伸ばしてみる。

「ダメだ」

ダンテが喘いだ。手の中で力強く撥ねる昂りに惹きつけられて、また口づける。

「そんなことをするな」

もう一度キスをすると、彼の言葉とは裏腹に透明な雫が皺のよったくびれを伝った。キスだけでは飽き足らず、丸々と張り詰めた先端を舌で舐める。

「ああ、君はなんてことを」

苦しそうに唇を歪めたダンテにヴァイオラは押し倒された。険しい目つきで見下ろす彼の目は赤く血走っていて、はあはあと荒い息をしている。

「君に娼婦の真似なんてさせたくない」

ダンテはヴァイオラの脚を持ち上げて、赤熱した昂ぶりをいきなりねじ込んできた。

「はァんっ……‼」

突然訪れた快感と目が回るほどの圧迫感に、ヴァイオラは目を見張って仰け反った。二年のあいだ誰にも分け入ることを許さなかった隘路だ。はち切れんばかりに漲った剛直に一度貫かれただけで、身体がバラバラになるような感覚を覚える。

「ヴァイオラ……ヴァイオラ……ああ、愛している。もう絶対に君をひとりにしない」

うわごとのように呟きながら、ダンテは激しく貫いた。ヴァイオラの手を押さえつけ、一心不乱に昂りを突き入れる彼の眼差しはまるで戦場に向かう獅子のようだ。

ヴァイオラには彼がどんなに暴れても受け止める覚悟があった。今日の昼間、庭園で感極まった様子の彼を見た時からそう決めていたのだ。彼はきっと止まらない。いや、止まれないだろう。

狂おしくも愛に溢れたこの儀式が朝まで続いてほしかった。裸のままベッドの上でまどろみながら昼を迎え、明るい日の中で美しい獣のごとく引き締まった身体を波立たせる彼を見てみたい……。

「初めて君を抱いた時、私は天国にいるのかと錯覚した」

「はっ……あ、ダンテ……」

「でもそれは間違いじゃなかった。今も私は天国にいる」

荒々しい吐息とともに律動しつつも、彼は優しい声で囁き、ヴァイオラの素肌を愛おしそうに撫でた。

ヴァイオラも同じ気持ちだった。彼に抱かれている時は背中に羽が生えたように感じる。自由と安らぎ、自信、女性としての喜びをもたらしてくれるのは彼ひとりだけ。

ヴァイオラはダンテの額に張り付いた髪を指でどけ、さざ波に揺れる水面のごとき瞳を見た。

「あなたを愛してます……私……もう絶対にあなたの手を放さない」

「ヴァイオラ」

「ダンテ……ダンテ……ああっ……！」

両脚を思い切り開かされたところに、彼が腰を深く沈めてきた。太腿を抱え込まれているせいで昂ぶりが奥の奥まで届き、肉杭（くい）の先端が最奥の壁を強くえぐる。

執拗（しつよう）に突かれる場所がずくずくと疼いた。絶え間なく襲う責め苦に全身が震え、目尻に涙が滲んだ。

「あ……っ、は……ダンテ……そこ、すごい……っ」

「もっとよくするよ。君が満足するまで」

ヴァイオラの唇に囁いて、ダンテは目いっぱいまで腰を引いた。抜け落ちる寸前まで退かれた昴ぶりが一気に滑り込んでくる。

「ああっ！」

素早く胎内を穿たれて、ヴァイオラはびくびくと四肢をわななかせた。さらに腰が退かれて、二度、三度と貫かれる。

鋼鉄のごとく漲ったものが素早く駆け抜ける快感に、ヴァイオラは震えながら唇を噛んだ。頭が真っ白になる。目の前に火花が散る。

ダンテも呻いていた。凛々しい眉に皺を寄せ、歯を食いしばって猛々しく屹立を突き入れる。

その時、身体の奥深くからとてつもない悦びが溢れてきて、ヴァイオラは激しく喘いだ。

「あ、あ……っ、ダンテ……私……っ」

「一緒に達しよう。私のために君も達してくれ」

焦がれた瞳で囁いたダンテが、唇を固く引き結んで猛烈に腰を振った。胎内のあらゆるところが抉られてヴァイオラは彼の腕に爪を立てた。

「あっ、ああっ……‼」

身体の奥で悦びが弾けた瞬間、瞼の裏側に眩い光が炸裂した。全身が歓喜の渦にのみ込まれる。戦慄が起こる。あまりの心地よさに眩暈がして一瞬何もわからなくなった。

「ああ、ヴァイオラ……ヴァイオラ……ッ」

一心不乱に腰を振っていたダンテが動きを止め、ぶるりと全身を震わせる。彼も達したのだということは、身体の奥に熱い命が注がれたことでわかった。しかし、彼が吐精しながらも腰を揺らすのを止めないため、ヴァイオラはすすり泣きみたいな声をあげた。

「ダンテ、……ダメ……っ、そんなにしたら……ああっ！」

カッと目を見開いてヴァイオラはまた絶頂を迎えた。がくがくと身体が震えて勝手に涙があふれてくる。信じられない。こんなふうに連続で達することなどあり得るのだろうか。

「ああ……すごく締まる……君はなんて素晴らしいんだ……」

最後は不明瞭に言葉を洩らしつつ、ダンテが美しい顔を歪めて悶えた。ぞくぞくするほど色っぽい。彼は陶然とするヴァイオラをよく見ようというのか、ヴァイオラの額の髪を手で押さえた。

「君が好きだ……ヴァイオラ。大好きだよ」

「ダンテ……私もよ。愛してる」

大きな両手で挟まれたヴァイオラの頬に、唇に、ちゅ、ちゅ、ちゅとキスの雨が降る。優しく揺れる眼差しに心を掴まれて、またひと筋まなじりから涙が伝う。

「こうすると君の顔がよく見える」

抱き起されたヴァイオラは、向かい合う姿勢で彼の膝の上に座らされた。ダンテは唇の端を上げて、ヴァイオラの頬をそっと親指で拭った。

「君は最高に美しい。なのに、ベッドの上ではかわいらしいんだ」

「そんなふうに言われたら恥ずかしいわ。あなたのほうがずっと素敵」

照れて上目遣いに見たダンテの顔に、急に蠱惑的な笑みが浮かぶ。彼はヴァイオラのドレスを頭からすっぽりと引き抜き、床に放り投げた。

「生まれてくる子が今から楽しみだな」

「あんっ！」

胎内に置かれたままの昂ぶりがいきなりうごめき、ヴァイオラはびくりとした。達したばかりにもかかわらず、彼の欲望の象徴はまったく力を失っていない。むしろこの体勢のせいか、蜜洞の入り口から奥まで余すところなくひどく感じる。

「子供は多ければ多いほどいい」

「んふっ！」

「たくさんつくろうな」

「ああっ……！　ええ、もちろ……んんッ」

ぐちゅぐちゅと矢継ぎ早に突かれて、ヴァイオラはすぐに息も絶え絶えになった。そうかと思えば、昂ぶりが蜜口から抜け落ちるかどうかといったところまで引き抜かれ、大きく円を描きながら滑り込んでくる。

「あ、ふっ……！」

くちゅ、という猥雑な音とともに、ヴァイオラは熱いものに貫かれた。もう一度それが退かれ、一気に滑り込んでくる。

胎内を駆け抜ける心地いい感覚に、気づけば勝手に腰が揺れていた。もっと彼が欲しい。彼を気持ちよくさせたい。彼に『君以外いらない』と思わせたい。そんな思いから、必死に剛直を締め付けて彼にすがって腰を揺らめかせる。

「ヴァイオラ……キツい……もう少し緩めて」

「いや……いやよぅ……」

自分の口から甘ったれた声が出たことにびっくりする。

「悪い子だな。私をこんなに惑わせて」

ダンテはヴァイオラの臀部を両手で鷲掴みにして、自身の膝の上を素早く滑らせた。腰がぶつかりあうリズミカルな音に合わせて、とろけた肉鞘が強くこすられる。聞くに堪えない恥ずかしい音が下腹部から響き渡るにつれ、獰猛な快感が身体の奥から沸き上がってくる。

「あっ、あんっ、んっ、あ……っ」

ヴァイオラは一瞬にして何も考えられなくなった。彼が出入りを繰り返す場所が熱くて堪らず、下を覗いてみた瞬間に後悔した。プラチナブロンドの薄い下草の下で、ぬらぬらと赤く怒張したものが素早く抜き差しされているではないか。

「ひぁ……あ、ああっ！」

その卑猥すぎる光景に欲望を掻き立てられ、瞬く間に絶頂に達した。身体の中心で弾けた快感が飛び散って全身がバラバラになりそうだ。

「あ……あ……ダンテ……、んふっ」

ダンテの胸にすがる腕も、太腿もぶるぶると震えている。抜き差しされる剛直に花びらの頂点の蕾がこすられた時には飛び上がってしまった。

「きれいだよ……君のとろけた顔を見るためにに抱いているといってもいい」

うっとりと囁いたダンテが、脱力するヴァイオラの顎を両手で支えて唇を貪る。髪をぐちゃぐちゃにされても、口元を唾液でべたべたにされてもなすがままだ。

「んぁ……あ……ダンテ、もう……ダメ……ダメよぅ」

執拗に続いた口づけからようやく解放された時、ヴァイオラはすすり泣いていた。身体全体が性感帯になったみたいにじんじんと痺れている。乳房の膨らみを撫でられただけでびくりとした。

手脚が痺れて自分の身体を支えられなくなったヴァイオラは、ベッドにうつ伏せで横たえられた。これで終わりかと一瞬思ったがそんなはずがなかった。力強く腰をぐいっと引き上げられて後ろに突き出す格好になった。

「な、何を……ひゃあっ」

すっかり敏感になった裂け目を何かになぞられて、身体が震えた。

「じっとしてて」

腰を掴まれた直後、今度はもっとぬらりとしたあたたかなものがそこを這う。つーっと下から上へと秘裂に沿って何かが這いあがり、とりわけ敏感な花芽をちろちろとくすぐる。それがダンテの舌だとわかったのは、彼の荒々しい吐息が秘所全体をくすぐったからだ。

「あっ、は……っ、んぅっ！」

彼は花弁の外と内を丁寧に舌でなぞり、蜜口を舌でつつき、秘核をちゅっと吸い立てた。そのどれもが心地よくて、ヴァイオラの喉から絶え間なく喘ぎが迸（ほとばし）る。

秘核を覆う肉をめくられて舌が直接触れたら、「ひゃあっ！」と素っ頓狂な声が出た。

「あ、あんっ……！　ダメ、おかしくなっちゃうから……！」

「構わないよ。医者も連れてきてる」

「そういうことじゃなくて……！　ひゃんっ」

剥き出しになった花芽をちろちろとくすぐられて身悶（みもだ）えした。何度も達しているせいで、そこは触れられるだけで飛び上がるほど敏感になっているのだ。さらに、ちゅぷ、と何かが蜜口に侵入してきてますますじっとしていられなくなった。

蜜口にねじ込まれたのは指だった。舌で花芽をいたぶられつつ、骨ばった長い指で胎内を犯されたらたまらない。ヴァイオラは太ももを震わせたが、何かが足りない気もした。

「ダンテ……んっ！　あの、それじゃなくて……あの」

「なんだ？」

ヴァイオラの腰の向こうから上気した顔が覗いた。

「言ってごらん」

「あ、あなたがほしいの……あなたでなくちゃ……ダメなの」

ダンテの唇に満足げな笑みが浮かんだ。身体の中から指が引き抜かれて、すぐ隣に彼が仰向けに寝転ぶ。

「おいで」

ためらっていると両脇にダンテの手が差し込まれた。

「ほら」

「きゃっ」

ふわりと身体が浮き、着地したのはダンテの身体の上だ。彼が屹立した自分自身を握り、ヴァイオラはその上にゆっくりと腰を下ろす。

「ん……は……、あ……」

徐々に胎内を満たしていく力強い存在に、満ち足りた思いで吐息を零す。これだ。やはりダンテでなくてはダメなのだ。ほかの誰でも、彼の指でも満たされない。

けれど女性が上になるなんて聞いたことがなくて顔を上げられなかった。まっすぐに見上げる透き通った目にも羞恥心をあおられて……

「ヴァイオラ」

「んうっ」

ダンテが腰を突き上げたために、ヴァイオラは呻いた。

「こっちを見て」

おずおずと顔を上げると、色っぽい笑みを浮かべた彼と目が合い、全身が熱くなる。ダンテはヴァイオラの腰を支えて剛直を素早く抜き差した。

「あっ、はんっ、あんっ……！」

ぐずぐずにとろけた蜜洞を張ったものが行き来するたび、ヴァイオラの口から喘ぎが迸る。気持ちがよくて腰を立てていられない。自然に胸を前に突き出す格好になり、ダンテの手が両方のバストを下から支えた。

「ああ……君の中は……なんて心地がいいんだ」

虚ろな目でため息を零すダンテの眉が震えている。艶めいた彼の髪はさらりと横に流れ、秀でた額や目元がはっきりと見える。

清らかな水面のように透き通った瞳は、この世のものとも思えない美しさだった。それに、薄く開いた男性的な唇がとても色っぽい。こんな人が自分を選んでくれたことが未だに信じられなかった。

力強い手で乳房が揉まれ、ヴァイオラの腰はぞくりと震えた。昂ぶりが目いっぱい退かれて、ぐるんと円を描くように入ってくる。

「ああっ」

さらに腰が引かれる。そして何度も連続で突き上げられた。

素早く貫かれるたびにヴァイオラの身体はあちこちが撥ね、喘ぎが迸った。互いの腰がぶつかる音が室内に響き渡り、律動に合わせてバストが揺れた。

「あっ、ん！　ダンテ……！」

狂おしげな様子で抽送を繰り返す彼の指先が、乳首をさすったり弾いたりした。蜜洞を苛む快感が一層強まり、ヴァイオラは逃しようのない快感に身体を捩った。

「ああ……ヴァイオラ、最高だよ。君も気持ちがいいか？」

「あッ……は……、中が……こすれて……、あっ……！　気持ち、いい……っ」

「私たちは身体の相性もいいようだな」

「あ、ふぁッ」

下から激しい突き上げが始まり、ヴァイオラは自身のバストを嬲（なぶ）る彼の手に自分の手を重ねた。

肉の棒で執拗にこね回される蜜洞がずっとわなないている。ぐちゅぐちゅと剛直が行き来するたびに、胎内のいたるところに強い快感が刻みつけられる。

「あッ、あ、は、ンッ……！　だ、ダメ……し、しんじゃう……！」

すすり泣きをしながらかぶりを振るヴァイオラの耳に、かすかに笑う声が届いた。

「君に死なれたら困る。君なくしては私は生きていけないんだから」

呻きまじりの声にヴァイオラの胸に悦びが溢れた。ダンテが感じている。ヴァイオラの中を自由に泳ぎ回って。彼に羽を授けているのは私ひとりだけ。

漲ったもので矢継ぎ早に穿たれるうちに、身体の奥から絶頂の予感がせり上がるのを感じた。喉から矯正が迸る。自ら肉杭に腰を擦り付けて、ぶるぶると太腿をわななかせた。

「あッ、は、あ、あっ……ダンテ……」

「いこう、一緒に」

ますますスピードを増した抽送に身体の奥がズクンと疼く。その直後、胎内を苛んでいたわだかまりが勢いよく弾けた。呼吸が乱れる。壊れそうなほど拍動する心音が耳の奥で響き、ほかの一切の音が消えた。

「あ……っ、あ、はぁ……っ」

深い絶頂の波が何度も押し寄せて、ヴァイオラはダンテの濡れた胸にくたりと身を投げた。それから少しして、ダンテが低い呻きとともに身体を震わせる。身体の奥深いところで彼が熱い命の種を迸らせるのがわかった。

甘く優しい余韻に揺蕩うヴァイオラを、汗ばんだ逞しい腕がそっと抱きしめた。

「愛してるよ。もう二度と放さないから覚悟してくれ」

見上げたダンテの顔はちょっと悪そうな笑みを湛えている。それがなんとも魅力的で、ヴァイオラは彼の胸に頬ずりした。

「私もよ。あなたみたいに素敵な人はほかにいないもの。ずっと、ずっと愛してます」

ダンテは笑って、ヴァイオラの顎に指をかけて口づけた。その後は会えなかった二年分の思いをぶつけあうかのように、ひと晩じゅうふたりの素肌が乾くことはなかった。

第五章　思い描いた通りの大団円ですわ！

「さ、ヴァイオラ様。そろそろお出ましのお時間になりますわよ」

ドアをノックして部屋に入ってきたサリダを、カーテンの隙間から外を眺めていたヴァイオラが振り返った。

ここはアウデラード王宮にある客間の一室だ。

三階の窓から見下ろせる玄関前の広場は国内外から集まってきた王侯貴族の馬車でごった返しており、従僕たちの怒号があちこちから上がっている。

「どうしてこの国の男たちはきちんと並ぶということができないんでしょうかね」

近づいてきたサリダがドレスを整えやすいよう、ヴァイオラは両腕を広げた。

「人がたくさん集まれば仕方がないわ。それよりもこんなに大勢の着飾った人を見るのははじめてでドキドキしちゃうわね」

「そんな田舎者みたいなことをおっしゃらないでください。お嬢様は泣く子も黙るアウデラードの王太子妃殿下になるんですから」

ふふ、と笑って息を吸うと、きつく絞ったコルセットが悲鳴を上げた。最近はダンテが好むゆったりとしたドレスを着ることが多かったから、この感覚は久しぶりだ。

ヴァイオラがプロポーズを受けてから二年が過ぎたこの佳き日に、ふたりの婚約披露パーティーが行われる。

「ほら、絶世の美女がここにいらっしゃいますわよ」

サリダに手を引かれて、ヴァイオラは鏡に映る目の覚めるような真紅のドレスを着た自分を眺めた。大胆に開けられた胸元には無数のダイヤモンドや宝石が輝くネックレス下がり、きつく絞られたウエストの下のスカート部分はふんわりと広がっている。

袖の二の腕の部分をぴたりと肌に沿うようにしたのはヴァイオラたっての希望だった。肘から先の内側にポンポルトの伝統品であるレースを幾重にも忍ばせたかったのだ。

ドレスや靴、アクセサリーは一年も前から自分でデザインを選び、アウデラードで一番の職人に作らせた。ダンテを驚かせたくて彼には一度も見せていないため反応が楽しみだ。

飾りの位置などの細かな調整が済んで、ヴァイオラは鏡の前でくるくると回って確認した。

（うん。完璧だわ）

「ダンテは喜んでくれるかしら？」

「もちろんでございますとも。世界一お美しい方を奥様に迎えられて殿下はお幸せでしょう」

サリダが目をしばたたきながら笑みを浮かべたため、ヴァイオラは自分も目元が熱くなるのを感じた。

本当は彼女にこそ幸せになってもらいたいのに、本人が『一生お嬢様のおそばに』と言って譲らないため困り果てているのだ。どうにかして近いうちに結婚相手を探してあげたい。

その時、ドアがノックされてダンテが入ってきた。

「ヴァイオラ……！」

ドアのところで立ち止まったままのダンテが、目を丸くして手袋をはめた手で口を押さえる。

彼はドレッサーの横にいるヴァイオラのもとまでふらふらとやってきた。

「ああ……なんて美しいんだ。天使を通り越して女神を前にしているようだよ。ついに……ついにこの日が来たんだな」

胸に手を当てて、感慨深い様子で息を吸う彼の目はやはり潤んでいる。

ヴァイオラは思わず笑ってしまった。冷酷で厳めしい人だとばかり思っていたダンテは、本当はこんなにも情に脆く優しい人なのだ。

（そこがまた素敵なのよね）

「王太子が泣いていたらおかしいわよ。堂々と胸を張っていなくちゃ」

ダンテの服の襟を直しながらヴァイオラは口元をほころばせた。

彼はいつもの漆黒の軍服ではなく、晴れ舞台にふさわしい金銀の糸で刺繍が施された青色のジュストコールを羽織っている。中に着ているウエストコートは銀色で、彼の髪と瞳の色を合わせたような色味だ。

ヴァイオラの腰を掴んで顔を近づけてきたダンテから顔を背ける。

「口紅が落ちてしまうわ」

「もう二年も待ったんだ。これくらい許してくれないか」

「もう……ダンテったら」

観念したヴァイオラは、蠱惑的な目で迫るダンテの唇を受け入れた。

唇が優しく重なると、呻き声を洩らした彼にいっそう腰を引き寄せられる。

「あらあら、わたくしは先に外に出ておりますわ」

そそくさと出ていくサリダの気配を感じながら、口紅は誰が直してくれるのだろうとヴァイオラは考えた。


ヴァイオラがプロポーズを受けてから、すでに二年の月日が流れていた。

そして今日、この美しく晴れた佳き日に、ふたりの婚約披露パーティーが行われる。

あれからダンテは何度も密偵をポンポルトに放っては、ヴァイオラが追放に至った事件について捜査をし直した。

いくらヴァイオラには何の咎もないとわかっていても、ポンポルトではあくまで罪人であり、大国の王太子と結婚できるような身ではない。

そんな女性と事実婚の関係にあると周囲に知られたら何もかもが瓦解するとわかっていたため、調査は秘密裏に行わねばならなかった。

真犯人がわかったのち、裁判のやり直しをして無罪を勝ち取り、国外追放の解除の手続きがされるまで二年もかかったのはそのためだ。

事件の真犯人は宮廷への出入りを許された伯爵の男で、ヴァイオラの父親であるルトルド侯爵とも顔を合わせる間柄だった。

彼は懇意にしていた仲間の貴族とともにありもしない噂をでっち上げ、ヴァイオラを陥れた。その動機を、かつてヴァイオラの父であるルトルド侯爵から貿易の権利をかすめ取られたためだと本人は言っていたようだが、それは完全な逆恨みだ。

父は自らの手腕と人脈を用い、高騰していた香辛料やワインの輸出入権を、正当なる方法で獲得したに過ぎない。

「……で、黒幕だったベルデ卿は爵位ならびに領地没収のうえ、難攻不落と言われるウェスリズ監獄とやらに送られることが決まったらしい。ベルデ卿を知っているか?」

ヴァイオラは隣を歩くダンテを見上げて頷いた。

ダンテの手袋をはめた手に引かれて、パーティー会場である大広間に向かっている最中だ。

従僕やメイドが感嘆のため息をつきつつ道をあける。

「ええ、もちろんよ。一時期は仲良くしていてうちに来たこともあったわ。でも、父が国務大臣を拝命したら手のひらを返したように敵対視しはじめたの。きっと嫉妬してたのね。父が貿易で成功していたのも気に入らなかったみたい」

「なるほど。つまらない男だな。しかしポンポルトの裁判所は無能の集まりだな」

「口が悪いわ」

ダンテが魅力的な唇の端を上げる。階段に差し掛かって、ヴァイオラの手を握る彼の手に力が籠められた。

「ひとつだけわからなかったことがあるんだが聞いてもいいか？」

「なあに？」

「君ほどの知恵と勇気があれば、裁判を覆すことができたんじゃないかと思ってね。どうして異議を申し立てなかった？」

ヴァイオラはドキッとしたが頬が引き攣るのを懸命に抑えた。

不名誉極まりない罪を進んで受け入れたのは、『はなおと』の悪役令嬢ヴァイオラの運命をまっとうするためだったが、正直に説明するわけにはいかない。

下手に転生しただの、もとの世界でのことを話したら頭のおかしい人だと思われるだろう。

大広間がある二階に下りたふたりを使用人たちが拍手で出迎える。国王夫妻が別の方向から歩いてくるのが見えた。

「それは合法的にあの国を離れる必要があったからよ。私はあの国には収まらない器だし、リカルド殿下では……その、私とは合わないというか」

「ああ、リカルド……君はなんてかわいそうな男なんだ」

笑いをこらえるような顔をしたダンテが天を仰いで額を押える。

「友人の不幸には同情するが、確かに君の言う通りあの優男では君には足りないだろう。君は私に出会う運命だったんだよ」

重々しい音を立てて巨大な両開きのドアが開かれた。

金銀の装飾や純白のタペストリーで絢爛豪華に飾られた大広間は、着飾った貴族でひしめいている。

ヴァイオラとダンテが進み出て階段の上に姿を現すと、熱気の籠った会場が歓声とどよめきに包まれた。

「本当にすごい人だわ」

「みんな君を見に来てるんだよ」

言われてみれば衆目は確かにヴァイオラを捉えている。次期国王の后になるということはこういうことか、と改めてぞくぞくした。

ヴァイオラがダンテの婚約者であることは一般の国民には周知されていなかったが、王室に近しい高位貴族は皆ふたりの関係を知っている。

今や別の男性との結婚が決まったカテリナですら祝福してくれているのだ。知らないのはポンポルトや周辺国からやってきた貴族だけだろう。

その中には王太子リカルドとその妻マリエルも含まれている。

ヴァイオラは裁判のやり直しや追放命令の取り消し手続きなどで一度だけ帰郷したが、その時も実家に立ち寄る以外はどこにも顔を出さなかった。

彼らに姿を見せるのは久しぶりなのだ。

「紳士淑女の皆様、本日この晴れの日に我らが王太子殿下の結婚披露パーティーにお越しいただき、まことにありがとうございます。これより、アウデラード王太子ダンテ・アルクール・メリディオンと、婚約者であるヴァイオラ・ラスキュイーズをお披露目申し上げます！」

司会役の見目のいい若者が声を張り、大広間から盛大な拍手が沸き起こった。

ヴァイオラはダンテと並んで四方に向かってお辞儀をした。

この中にはリカルドとマリエルもいるのだろう。リカルドと念願の夫婦となったマリエルにはあとで祝福をしにいかなければ。

司会による新郎新婦の紹介があったあと、オーリスからダンテに、アリーチェ――本物！――からヴァイオラに花束の贈呈があった。

この二年でだいぶ背が伸びて大人びたオーリスだったが、昨夜は興奮して眠れなかったそうで目が真っ赤だ。

アリーチェはふたりの友人代表としての人選だった。彼女はヴァイオラの遠い親戚というだけでなく、今やダンテのいとこであるジュリオの妻となり、王室の関係者でもある。

一連のごたごたの後始末を任されたジュリオが、セルドン伯爵家を訪問するうちに彼女と親しくなるのは時間の問題だったようだ。

ダンテの言うことによると、彼はああいった繊細でたおやかな女性が好みらしい。どうりでヴァイオラにはまったくなびかなかったはずだ。

彼らは半年前に結婚して、アリーチェはヴァイオラの侍女となった。

引っ込み思案だった彼女も、舞踏会や観劇、その他さまざまに催しに駆り出されるうちにだいぶ人馴れしてきたように見える。

「おめでとう、ヴァイオラ。幸せになってね」

アリーチェは目を潤ませてヴァイオラの手を取った。

「全部あなたのお陰よ。来月にはあなたのご家族と一緒に結婚パーティーをすること、忘れてないわよね？」

「もちろんよ。両親も楽しみにしてるわ」

ここ一年で垢ぬけてきれいになったアリーチェとしっかりと抱擁を交わしたのち、ヴァイオラはダンテに手を引かれて広間に下りた。

来客への挨拶がてらひと声もらおうというのだ。

式典は盛大で、開け放たれたドアの外にまで客が溢れている。

ほとんどがアウデラードの高位貴族だが、あちこちの催しに出向いているヴァイオラでも知らない顔がちらほらといる。

見慣れない服装からしてポンポルトや外国からの来客だろう。

「ヴァイオラ」

方々に挨拶をして回っていた時、後ろから懐かしい声が聞こえた。嬉々として振り返れば、かつての親友マリエルではないか。

「マリエル！　来てくれたのね！」

ヴァイオラはダンテそっちのけで、かつての親友だったマリエルと固く抱き合った。

栗色の髪を編み込みにしてまとめた幼顔の彼女には、淡いピンク色のドレスがとても似合っている。

ヴァイオラがポンポルトを出てから、さらにきれいになったのではないだろうか。

マリエルはヴァイオラの頬を両手で挟み、優しい眉を震わせてとび色の目を潤ませた。

「ああ……本当に、本当にヴァイオラなのね？　信じられないわ。もう二度と会えないと思っていたのよ」

「私もよ。あなたがリカルドと結婚したと聞いてとても嬉しかったわ。おめでとう」

マリエルの頬がポッと染まる。

「ありがとう。びっくりしたのはあなたのほうよ。あの扉から出てきた時、はじめは目を疑ったの。だからヴァイオラの名前を聞いた時、もう胸がいっぱいになって……」

ぽろぽろと涙を零すマリエルをもう一度抱きしめた。

こんなに優しい彼女だから、敵対する役目の悪役令嬢に生まれかわっても憎めなかったのだ。キャラを守るためつんけんした態度を取りつつも、彼女が困っている時にはこっそりと助け船を出したこともある。

「や、やあ……ヴァイオラ。元気そうだね」

マリエルの後ろから遠慮がちに顔を覗かせたのは、深いグリーンのジュストコールとブリーチ姿のリカルドだ。

久しぶりに目にした彼が縮んだように見えたのは、普段彼よりずっと背の高いダンテと一緒にいるからに違いない。

「おかげさまで。あなたも元気そうでよかったわ」

ヴァイオラは普段通りにっこりと笑みを浮かべたが、リカルドの顔は青ざめる一方だ。

彼はやり直し裁判の時にも代理人を立てて姿を現さなかった。

「えーと、ヴァイオラ。なんというか、我々のあいだには不幸な行き違いがあったが、どうか許してくれないだろうか。この通りだ」

頭を下げようとしたリカルドの腕を掴む。

「リカルド。こんなところでやめてちょうだい。今日はお祝いの席なのよ」

「ああ、すまない。では改めて後日お詫びに来ることにするよ」

頭を掻くリカルドに、ヴァイオラはにっこりと笑みを向けた。

「いいわ。もう何も気にしてないもの」

「久しぶりだな、友よ。元気にしていたか？」

声がして振り返れば、近くで談笑していたダンテがリカルドに声をかけたのだった。

リカルドはダンテを見上げてややこわばった笑みを浮かべた。

「もちろんだよ。今日はお招きありがとう。その……おめでとう」

「ありがとう。私は君に感謝してるんだよ。意味はわかるな？　わからなくてもいいけど」

ダンテがリカルドの肩を親しげに叩く。

彼が勝ち誇ったような顔をしているのを見て、ヴァイオラは俯いて笑みを隠した。

「ダンテ、君は相変わらず意地悪だな。とにかく奥方をどうか幸せにしてあげてくれ。それが僕からの願いだよ」

「あら、リカルド。私はもうとっくに幸せなのよ」

ヴァイオラはダンテと腕を組んで彼を見上げた。

この会場のどこを探しても彼みたいな背丈や逞しい身体つきをした男性はいない。

もちろん体格だけではなく、顔がいいのは言わずもがなだ。

蠱惑的なアイスグレーの視線がヴァイオラの唇に注がれ、胸の谷間に移ってまた唇に戻った。

「君だけじゃなく、ふたりとも幸せなんだ。私たちのあいだに水を差せる者は誰もいないよ」

その時、円形の広間の端に陣取っていた楽団が軽快な音楽を奏ではじめた。

「踊ろう」

「ええ」

曲はヴァイオラのために作られた華やかで艶美なワルツだ。ダンテがヴァイオラの手を取って向かい合うと、自然に周囲が広くなる。

軽やかにステップを踏みながら、ヴァイオラはからかうような目でダンテを見上げた。

「私たちの出会いもダンスだったわ。覚えていて?」

「もちろんだよ。君とのダンスが素晴らしくてすぐに夢中になった」

一度離れて数回転し、またダンテに優しく抱かれる。

ふたりの息がぴったりと合ったダンスに、周りからため息が聞こえた。

「もし私にダンスの相手を断られたらどうしてたの?」

「何度断られても諦めなかっただろうな」

「そのあと私を見つけられなかったら? ほかの人に取られてしまったら?」

ゆっくりとした甘い曲調に変わり、背中をぐーっと反らしたヴァイオラにダンテが覆いかぶさる。

「もちろん地の果てまででも追いかけていくさ」

挑戦的にきらめく瞳に見つめられたらどぎまぎしてしまい、ヴァイオラは笑みで返すしかなかった。

二年前、実際に辺境の地までふた月かけて迎えにきた彼なら、本当にそうしただろうということは疑う余地もない。

神をも畏れぬ大国の獅子の血筋からは、逃れられない運命にあったのだ。

あとがき

はじめましての方も、私の作品をいつもお読みいただいている方も、この度は本書をお手に取っていただき、ありがとうございます。作者のとどりとわです。

いつかは蜜猫文庫様から本を出したい！　と、ずーっと考えてきましたが、この度ついに願いが叶いました。竹書房様、編集ご担当様、素敵なイラストを描いてくださった緒花様、本当にありがとうございます。

このお話で悪役令嬢ヒロインを初めて書かせていただきました。悪役令嬢といえば本来意地悪くヒロインをいじめたりするものですが、悪役令嬢らしい気高さを持ちつつも、すがすがしいほどスパッと悪者を懲らしめたり、時には情にもろいところもあったりという、思いやりを兼ね揃えたヒロインを書いたつもりです。そんな小気味いいヒロインのヴァイオラも、ベッドの上ではハチャメチャに顔がいいヒーロー、ダンテに思いっきり愛され、かき乱される様子をお楽しみくだされば幸いです。

とどりとわ

蜜猫文庫をお買い上げいただきありがとうございます。
この作品を読んでのご意見・ご感想をお聞かせください。
あて先は下記の通りです。

〒102-0075 東京都千代田区三番町 8 番地 1 三番町東急ビル 6F
(株)竹書房　蜜猫文庫編集部
ととりとわ先生 / 緒花先生

国外追放された悪役令嬢ですが、最推しだった隣国の(ぶっこわれモブ)王太子に溺愛執着されてます!!

2024 年 12 月 30 日　初版第 1 刷発行

著　者　ととりとわ
発行所　株式会社竹書房
〒102-0075
東京都千代田区三番町 8 番地 1 三番町東急ビル 6F
email : info@takeshobo.co.jp
https://www.takeshobo.co.jp
デザイン　antenna
印刷所　中央精版印刷株式会社

あさぎ千夜春
Illustration 沖田ちゃとら

女嫌いの次期大公が「お前で(DT)卒業してやろうか」と求婚してきました

完璧なる卒業計画!?

僕は、きみといるときの自分が、一番好きなんだ

本好きな図書館司書の子爵令嬢モニカは、様々な女性と噂がある美貌の公子アルフォンスが実は女性が嫌いな事に気づいてしまう。女性を知らない彼は「きみで、卒業するのもありかもね」と王宮図書館の出入りと引き替えにモニカで童貞卒業を持ちかける。モニカはそれに応え、彼と甘く優しい一夜を過した。あれは練習だったと割り切ろうとしたが彼の事が忘れられないモニカ。そんな時帝国から公子の妃候補がやってきたと聞いて!?

蜜猫文庫